D1424464

Les candidats

Yun Sun Limet

Les candidats

Éditions de La Martinière

"Apprendre à marcher sans promesse sur le vide"
François Bon

Anne Sauvage

ILS SONT LÀ. Dans leur manteau de laine noire, certainement acheté pour la circonstance. Il faut bien habiller le chagrin, le représenter, et leur grand-père les a voulus ainsi, serrés l'un contre l'autre, noirs, raides. Ils ont chacun jeté une rose blanche. D'abord Jean puis Marie. On leur a dit : maintenant, prenez une rose du panier posé près du trou. Ils ont obéi et ont jeté la fleur. S'en souviendront-ils ? Oui, sans doute, la rose blanche de la chanson. Les autres suivent, prennent une fleur et la jettent dans le vide.

Lorsqu'ils m'ont vue arriver chez eux, avant la levée des corps (*des* corps, oui, cela se dit peu), ils ont souri, se sont rappelé que je suis une amie de leurs parents, des goûters et des pique-niques, comme quand je venais, avant, les voir, voir leurs parents, parler dans la cuisine et leur demander comment ça va à l'école. Et puis ils se sont refermés. Augustin était resté à la maison. J'avais pensé que je l'excuserais auprès de ses petits copains. Mais je n'ai rien dit et je me suis jointe aux autres, parents et amis, j'ai salué leur grand-père maternel et leur grand-mère paternelle. Je ne voulais pas paraître déplacée, je n'ai pas été très démonstrative. Ils appartiennent à leur famille, leurs oncles et tantes, leurs cousins. Et pourtant, je crevais d'envie de les soulever et de les serrer.

Ils n'ont pas pleuré. Ils ont assisté à tout sans pleurer à aucun moment. Et ils regardent à la dérobée les sanglots de leurs grands-parents. La messe, la sortie des cercueils, l'un à côté de l'autre, ils se tiennent chacun derrière un des cercueils. Marie a un peu vacillé, reprise par sa grand-mère. Ils auront le souvenir de cette foule, le sentiment qu'il s'agissait bien d'une foule qui suivait leurs parents jusqu'au cimetière.

Et chez eux, le silence des pièces, pendant l'inhumation, l'immobilité des objets, leurs collections, les photos où ils sourient encore en silence sur les murs, la maison qui sera vendue sans doute, leurs vêtements dans les placards, ses robes à elle, sa robe de mariée peut-être aussi, pliée soigneusement dans un papier de teinturier, pendant que la terre tombe, que la foule quitte le cimetière et serre la main de la famille, alignée, comme au peloton d'exécution, la foule embrasse les enfants et, parmi elle, moi aussi, je finis par les embrasser, en pleurant. Comment s'imaginer que cette chose-là arriverait, moi les embrassant, eux, après d'autres membres de leur famille, sur une allée de cimetière, sous une forte lumière qui fait plisser les yeux, seuls au monde.

Augustin a voulu leur faire un dessin. Il a tracé un grand soleil et les a représentés en dessous, le soleil semble les dévorer et le sol rouge qu'il a figuré sous leurs pieds les brûle. Il a commenté sur un ton faussement enjoué : comme ça, ils comprendront que le soleil continue de briller même s'il fait froid. Crois-tu vraiment qu'il faut leur donner ? Non, peut-être pas. Augustin a presque l'âge de Marie.

Nous avons des gelées exceptionnelles pour cette fin d'hiver. Le matin, les champs sont blancs de givre. Et la radio répète inlassablement : températures records, il faut remonter à février 1967 pour trouver de telles mesures. Je ne peux m'empêcher d'avoir cette pensée banale : ce froid, c'est leur saison, on s'en souviendra, il faisait si froid, nos cœurs sont glacés. Il faudrait que j'appelle Patrick. Mais les décalages horaires ne rendent pas la chose facile. Il rentre après-demain. Je me couche tôt. Augustin est à peine endormi que je pense à aller au lit, moi aussi. Je crois que j'en veux à Patrick d'être absent, de n'avoir pas écourté son séjour pour l'enterrement. Il n'a pas voulu assister à ça en vérité, et je me retrouve toute seule, à dormir pour oublier. Il arrivera en pleine nuit, en taxi depuis la gare, la carcasse de leur voiture ne sera plus là, il sera fatigué par le long voyage. Je ferai semblant de dormir.

Nous n'avons rien dit pendant tout le petit déjeuner. Patrick a surtout questionné Augustin pour savoir s'il avait été gentil, si cela s'était bien passé à l'école et a répondu à ses questions. Oui, il faisait chaud, non ce n'était pas très drôle, car ce n'est jamais drôle d'être loin des siens et de devoir parler de choses sérieuses avec des gens sérieux, oui, il a vu des dauphins. J'imagine les dauphins qui sautent hors de l'eau dans le sillage du bateau, dans une eau irisée de vert, leurs petits cris lorsqu'ils plongent et le clapotis de l'écume qui se mêlent au bruit du moteur diesel. Puis le silence est revenu. Chacun se demande qui va être le premier à en parler. C'est Patrick qui rompt le silence. Comment vont-ils ? Ils sont au cimetière, lance Augustin, offusqué qu'on puisse poser une telle question. Non, Jean et Marie, comment vont-ils ? Je ne sais pas. Ils sont chez leur grand-mère. Une de leur tante habite chez la grand-mère avec eux, car elle ne peut s'en occuper seule. Je sais à quoi il pense. A cette chose dérisoire qui traîne sur notre lit, même pas sortie de son sachet en plastique, ces vêtements pour fille imprimés de fleurs et d'animaux de là-bas, que le dessin affuble d'un sourire improbable. Que pourrait-elle faire maintenant d'un tel cadeau ? Tu les as appelés ? Oui, bien sûr, mais je ne les ai pas eus au téléphone. La famille est très présente, elle s'organise au mieux qu'elle peut et j'ai toujours l'impression de les déranger. Je me suis proposée pour les aider. Ils ont juste dit que c'était très gentil mais que cela allait. Leur éternel : ça va aller comme ça. Et que peut-on répondre ? Comment leur dire qu'on a envie de voir les enfants, que cela nous ferait plaisir de les voir, de les sortir ? Ces mots-là sont indécents à peine les a-t-on pensés. On se reproche de ramener tout à soi, à sa propre tristesse. Patrick quitte brusquement la table.

Ils sont retournés à l'école. En laissant Augustin l'autre matin dans la cour, je les ai vus vers le fond, près de la grille qui sépare la cour des moyens de celle du collège. Il fallait traverser la cour, la foule d'enfants, pour aller leur dire bonjour. Ils ne m'ont pas aperçue. Et l'image d'eux, au cimetière, m'est revenue. Je me suis sauvée. Cette cour à traverser, à courir sous les marronniers, dans les cris et les couleurs, je l'ai eue sous les yeux toute la journée, cette distance qui nous sépare, c'est celle-là. Pendant les leçons, je les ai vus, dans le fond de la cour. Je me fais honte. Je m'injurie tout bas. L'élève a encore oublié le *fa* dièse, toujours au même endroit, j'ai frappé violemment sur le

piano et entouré rageusement l'altération à la clé.
L'enfant m'a regardée, interdit.

Augustin, as-tu parlé avec eux aujourd'hui ? Vous
vous êtes vus à la récréation ? Augustin admire beaucoup Jean. C'est un grand. Mais Jean n'a que faire
d'Augustin. Avec Marie, il pourrait s'entendre, mais
cela n'a jamais été vraiment le cas. Ils finissent bien par
jouer ensemble, mais parce qu'il le faut, parce que leur
papa et leur maman sont amis. Plus petit, il ne préten-
dait pas lui prêter un seul de ses jouets. Et maintenant ? Les enfants sont étranges. Que se disent-ils ?
Augustin fait des mystères. Il se taira. Et je resterai
avec mes questions.

Patrick a repris le travail, vaille que vaille. Je lui ai
demandé s'il voulait qu'on aille au cimetière, ou s'il
voulait y aller seul. Il ne m'a pas répondu. Et puis un
soir qu'Augustin était encore au goûter d'anniversaire d'un copain de classe, il a voulu que nous nous y
rendions. L'air s'est un peu adouci. Nous y sommes
allés à pied, bras dessus bras dessous. En traversant le
village, nous n'avons croisé personne. Aux fenêtres,
des lampes commençaient à s'allumer, éclairant un
mur et son papier peint fleuri, un bout d'armoire. Des
femmes s'affairent devant des éviers de cuisine. Le
calme et la douceur m'ont surprise. Ou plutôt, je me
surprends à être heureuse, je marche au bras de
l'homme que j'aime, dans des rues que je ne pourrais

sans doute plus quitter. Et pourtant, nous allons vers le cimetière où une tombe a été creusée et puis comblée par de la terre. La dalle n'a pas encore été posée. Le rectangle est couvert de fleurs. Certaines commencent à faner, des marguerites couleur saumon, des chrysanthèmes jaunes aux formes de poissons des mers du Sud, sans eau, couchés sur le flanc, des roses, beaucoup de roses, et puis des fleurs artificielles aux tissus amollis par l'humidité des petits matins froids. Toutes ces fleurs sont laides. Elle n'aurait pas aimé ces fleurs, elle aussi les aurait trouvées de mauvais goût, et de le penser, l'envie de pleurer me vient. Elle n'aurait pas aimé ces fleurs. Mais qu'est-ce que cela change ? Elle ne les a pas vues, elle ne les verra jamais, cela ne compte pour rien. Patrick ne regarde pas les fleurs. Il porte les yeux au loin, sur le mur du cimetière, sur les derniers toits du village, sur la brume et le soir qui s'annonce, qui est là. Rentrons. C'est lui qui demande de rentrer. Nous dépassons une femme courbée qui tient dans la main des herbes fanées, son gilet de laine mal fermé balance, danse péniblement sur un air qu'elle a peut-être en tête, une rumba qu'elle ne dansera plus. Patrick n'a rien vu de l'enterrement, même cette effusion de couronnes et de bouquets ne lui dit rien, ne lui rappelle rien de ceux que nous venons de perdre. En refermant la grille derrière nous, je crois l'entendre murmurer où sont-ils ? Mais peut-être était-ce juste un soupir. Il faut aller chercher Augustin.

Depuis le matin où l'on m'a annoncé leur mort, quelques jours seulement se sont écoulés. Patrick m'interroge beaucoup. Il veut comprendre l'accident. Comment cela s'est passé ? Je sais qu'il y a eu un article dans le journal local, mais je n'ai pas voulu l'acheter. Et il me demande pourquoi, s'en irrite, il aurait aimé, lui, lire l'article, essayer de comprendre un peu. Je lui réponds qu'une collision pareille, personne n'en réchappe. Ils roulaient vite. Tout le monde le sait. Tu le savais aussi qu'il aimait la vitesse. Il n'y a rien à en tirer de cet accident. C'était bien lui qui conduisait ? Oui, c'était lui. Ils avaient bien leur ceinture de sécurité ? Oui. Mais ils ont été quand même projetés dans le pare-brise et la portière avant du côté passager a été complètement emboutie. Que veux-tu que je te dise ? Oui, elle a eu les jambes sectionnées. Voilà, c'est cela que tu veux entendre ? L'horreur de la chose ? La voiture pliée et carbonisée ? Le moteur a pris feu. Ils ont fait un tonneau. Je ne veux pas en parler. Non, je ne veux plus en parler. Point. Pourquoi te fâches-tu ? Parce que je n'aime pas tes questions.

Nous avons invité Jean et Marie à venir passer une journée avec nous. J'ai vu leur grand-mère à la sortie de l'école et lui ai fait la proposition. Elle a hésité un court instant et puis a demandé si cela ne nous dérangeait pas qu'elle les accompagne. Non, bien sûr... Je me suis immédiatement excusée, gênée. Cela va de soi. Cette invitation vous concerne aussi, naturellement. Mais dans le fond, je n'ai pas très envie qu'elle vienne. Et je m'en veux de penser une telle chose. Venez vers onze heures, on prendra d'abord un petit apéritif. C'est d'accord.

Et ce samedi matin-là, nous étions tous les trois très contents. Nous nous réjouissions vraiment de les accueillir. Nous avions fait les courses la veille au soir, il n'y avait plus qu'à ranger un peu le salon et à préparer les chips, les jus de fruit. J'avais pourtant l'estomac noué. Un haut-le-cœur m'a prise en découpant le poulet. La viande qui revient dans le fond de la casserole proteste bruyamment, les tomates découpées en quartiers sur la planche en bois sont comme des cœurs fendus. Nous nous sommes regardés, Patrick et moi, et nous avions les larmes aux yeux. J'ai beaucoup pleuré le jour de l'enterrement. Depuis, presque plus. Patrick, lui, pleure parfois encore la nuit, très doucement, en se cachant le visage dans l'aplat de ses paumes, sans bouger. Dans la cuisine, ce matin-là, c'est comme s'ils allaient arriver, tous les quatre, comme s'ils allaient sonner et qu'ils allaient être là, debout, sur le seuil, souriants. On voudrait et on sait bien que non, que cela ne sera plus jamais, eux quatre sur le seuil de la maison.

J'ai ouvert. Elle les tient chacun par la main. Elle n'est pas à l'aise. J'embrasse les enfants, je les fais entrer et Patrick s'approche avec des mots de bienvenue, on se débarrasse, on dépose des sacs et elle, Irma, me tend une boîte de chocolats au ruban bleu ciel. Elle s'assoit, s'excuse de ce que son dos la fait souffrir et qu'elle ne peut pas rester longtemps debout. Augustin est près de Jean et Marie, ils ne se disent rien mais sont proches, s'effleurent comme le feraient de jeunes animaux.

La conversation a du mal à s'installer. On demande comment ça va. On échange des banalités. Et puis, en présence des enfants, on ne peut pas dire certaines choses, qui les concernent trop directement. Alors on esquive. Irma a fait un gros effort pour venir, cela se sent. Nous nous connaissons de vue seulement, comme se connaissent les personnes qui habitent un même village, fréquentent les mêmes commerces, au hasard d'un trottoir, on a bien dû la saluer, de temps à autre, faire saluer Augustin en lui disant que c'est la grand-mère de Jean et Marie. Mais elle sait aussi que nous sommes au courant des heurts qui ont secoué la famille, les disputes entre elle et sa belle-fille. Au début de leur mariage, sa belle-fille avait beaucoup souffert de la proximité d'une belle-mère qui s'occupait de tout. Il avait fallu expliquer, faire comprendre, d'accord pour les réflexions sur les rideaux, d'accord pour le goûter du dimanche, mais pas tous les dimanches, pas forcément tous les dimanches, et si les enfants ne veulent pas faire de piano, on ne va pas en faire un drame, ce n'est pas obligatoire, le piano, si, peut-être dans les éducations bourgeoises comme vous les aimez, et puis cela ne vous a pas aidée que votre fils reste ici, oh, mais attention, de quoi vous vivriez s'il n'avait pas repris la clientèle de son père?, en ville, il serait un petit généraliste famélique à courir après le patient, et vous, vous seriez obligée de travailler, mais vous vous figurez que de prendre les rendez-vous du docteur, ça m'amuse tous les jours? Elle m'a raconté tout cela de long en large. Ils ne se sont plus vus pendant un an. Difficile lorsqu'on vit à la campagne. Il faut vraiment s'éviter. Et puis, ça jase. Irma en était malade. C'est elle qui a demandé la fin des hostilités. Les enfants lui manquaient.

Maintenant, est-ce que tout cela avait un sens? Après le repas, les enfants sont partis jouer dans la chambre d'Augustin. Elle était en veine de confidences. Elle s'en voulait. De quoi au juste, elle ne pouvait le dire, mais elle s'en voulait. On ne choisit pas grand-chose dans la vie, si j'avais su, est-ce que je me serais disputée avec eux? Mais on ne peut pas savoir. Il faut avoir mon âge pour se dire qu'on a encore tout à apprendre. Une mère ne peut jamais s'imaginer qu'elle enterrera un jour son fils. Vous savez, Patrick, je me souviens encore de vous et lui, au lycée. Lui, il venait de son petit patelin, et il nous a dit dès les premières semaines qu'heureusement il s'était fait un ami.

J'ai senti le malaise de Patrick. Irma lui disait qu'il était son meilleur ami. Il n'était pas revenu. Il s'en voudrait sûrement toute sa vie. Je n'ai pas osé depuis son retour lui poser la question. Elle a osé. Pardon d'être un peu brutale, mais pourquoi n'êtes-vous pas revenu pour leur enterrement ?

Il l'a regardée dans les yeux, longuement. Je ne sais si son regard était dur ou vide. Il a avoué. A des milliers de kilomètres, loin de tout, j'ai reçu un coup de téléphone d'Anne qui m'apprenait l'accident. Je n'ai sans doute pas voulu comprendre. C'était trop difficile. Autour de moi, des hommes en mission, en représentation, qui ne parlent pas votre langue, une chambre impersonnelle, on est seul. Mais je sais. Que puis-je vous dire ? Je n'étais pas là. Je vous en demande pardon. Oui, c'était mon meilleur ami. Mais je n'ai pas encore compris qu'il ne sera plus jamais là. Cela viendra, sûrement.

Irma a écouté, sans aucune compassion. Je crois qu'elle ne comprend pas. Elle doit se dire que ce ne sont que des phrases, des prétextes d'intellectuel. J'entends des rires qui viennent de la chambre d'Augustin. Il a mis de la musique. Je regarde ma montre et lance que c'est l'heure du goûter déjà. Je monte pour les faire venir. Je n'entre pas tout de suite dans la chambre. De l'autre côté de la porte, je perçois des bribes de conversation. Mais non, les baleines, c'est pas des poissons. C'est des mammifères. Augustin hurle de rire. Des mamy-fères. Parce que c'est gros comme les mamys. Toi, tu dis toujours des conneries. Jean, on ne dit pas "conneries". Eh, tu viens de le dire... J'entre. Ils font comme si je n'étais pas là. Vous venez pour le goûter ? Pas de réponse. Ça va, vous vous amusez bien ? Oui, oui. Je sors en laissant la porte ouverte. Ils mettront dix minutes pour se décider à descendre. On ne saura rien de ce qu'ils se sont dit, de ce qui les lie. Leur enfance est pour moi un mystère, une sorte de monde englouti, dont on aperçoit de temps à autre des parties émergées. Parlent-ils de leur malheur ? Augustin a-t-il des mots pour les consoler ? J'aurais voulu leur parler un peu librement. Mais même pendant le goûter, cela a été impossible. Leur grand-mère veillait sur eux et devançait les questions. Ils sont très courageux. Leur courage m'impressionne. Et puis, on s'est organisés. Heureusement que ma fille est venue, elle nous aide bien, car l'état de mon dos ne s'améliore pas. Evidemment, cela ne pourra fonctionner ainsi éternellement, mais de cette manière, ils ne sont pas trop déstabilisés, ils peuvent rester dans leur environnement au moins jusqu'à la fin de l'année scolaire. Après, on trouvera certainement la solution qui sera la meilleure pour eux.

Il a plu toute l'après-midi et nous n'avons pas pu faire la promenade prévue. Nous les avons laissés partir sous une petite averse en leur promettant de se revoir très bientôt. Et de les regarder avancer, luttant contre le mauvais temps, cela nous a étreints.

Leur grand-père nous a appelés un soir. Augustin s'apprêtait à se coucher, je lui lisais son histoire. Le téléphone a sonné. C'est Patrick qui a répondu. Lorsque je suis redescendue, il avait déjà raccroché. A son air grave, je me suis affolée. Qu'est-ce que c'est ? Leur grand-père. Il y a une réunion prévue chez le notaire. Une partie de leur testament nous concerne. Il n'a pas voulu préciser au téléphone.

Nous avons tout de suite pensé qu'ils avaient voulu nous laisser l'un ou l'autre objet qui avait un sens pour nous tous, des photos peut-être, des lettres, des vêtements... Pourtant, cela ne leur ressemble guère. Lorsqu'on meurt ainsi, brutalement, dans la fleur de l'âge, pense-t-on à noter des legs de ce genre, bons pour des vieillards qui ressassent et finissent par ressasser par écrit chez leur notaire ? Les photos de la tante Jeanne pour Christine, parce que c'était sa préférée, le service en verre de Venise pour Charles, parce que c'est lui qui nous l'avait offert pour les noces d'or, la vieille besace pour Georges, s'il est encore en vie, en souvenir de nos belles parties de chasse... C'était forcément autre chose.

Nous avons essayé de ne pas y penser jusqu'au jour du rendez-vous.

Le gravillon gris, encore mouillé par la dernière averse, nous annonce, d'un bruit de crécelle. Le clerc ouvre la porte de l'étude qui se trouve à l'arrière de la maison, cachée par la rotonde dont les fenêtres exhibent un imposant vase chinois, et ce vase chinois, tous les clients l'ont vu et revu, en passant, la queue bleue du dragon, la gueule ouvragée et ouverte sur un ciel de porcelaine. La modeste porte de bois blanche qui donne dans le bureau du notaire rassure. L'étude a été aménagée dans ce qui devait être anciennement des pièces de service. Le plafond est bas, le sol carrelé de tomettes, le tout est meublé sombre et a l'ambiance obscure d'une crypte. Nous ne savons rien de ce qui nous attend. Salutations d'usage avec le notaire et son clerc qui nous apprend que nous sommes les premiers. Doivent être présents les légataires, leurs tuteurs légaux et les autres désignés pour la lecture. Les mots sont sibyllins et nous ne demandons rien. Irma se présente avec Jean et Marie. Leur grand-père vient ensuite. Chaque fois, le clerc dispose des chaises devant la grande table qui sert de bureau au notaire. Et puis, soudain, Laure et Philippe font leur entrée. Ils sont aussi surpris que nous. Mais dans ce lieu, nous restons sur la réserve. Je m'aventure à demander qui doit encore venir. Le clerc prend un papier d'un dossier et lit: M. et Mme Faye ainsi que M. et Mme Humbert. Nous sommes interloqués. Les amis. Ce sont tous les amis proches qui sont convoqués. Et quand tout le monde sera là, chacun étonné de sa présence, le notaire s'éclaircira la voix, fera une sorte de bref sermon. Si nous sommes réunis ici aujourd'hui, c'est à la demande de vos parents, de vos amis. Avaient-ils eu le pressentiment de la tragédie qui allait s'abattre sur eux et sur leurs proches? Ils avaient pris en tout cas des dispositions. Je dois donc vous faire lecture d'un testament holographe qu'ils ont déposé ici en mon étude il y a quelque temps et dont j'ai pris connaissance en présence des légataires lors de l'ouverture de leur dossier testamentaire.

Si vous lisez ces lignes, c'est qu'un événement improbable, impensable aura eu lieu: notre mort accidentelle à tous les deux, simultanée ou à peu de temps d'intervalle. C'est pourtant une crainte qui nous hante. Et si un tel malheur devait se produire, c'est à Jean et Marie que nous pensons d'abord. C'est pour eux que nous écrivons cette lettre, afin qu'ils soient confiés à une famille amie qui les élève comme ses propres enfants. Conscients de la charge et de la responsabilité qu'appelle notre dernière volonté, nous donnons une liste d'amis, qui, nous osons le croire, sont susceptibles d'accepter notre demande, dans l'ordre suivant:

Anne et Patrick Sauvage
Valérie et Alain Faye
Laure et Philippe Damiani
Gisèle et Frédéric Humbert
Notre tristesse est infinie à l'idée que cette lettre puisse un jour être lue. Nous croyons que Jean et Marie ont été heureux avec nous et espérons qu'ils continuent de l'être malgré notre absence.

Et c'est comme si le temps s'était fendu en deux. C'était eux qui parlaient, qui nous parlaient, depuis le passé, de ce qui avait eu lieu, alors que cela n'avait pas encore eu lieu, que tout était encore possible, le bonheur, l'avenir, alors que le malheur n'existait pas encore, puisqu'ils étaient là, vivants. La lecture faisait apparaître cette réalité étrange, ce temps improbable, impossible, cet entre-deux, cet abyme. J'étais hébétée, prise de vertige.

On parlait de nous. D'une famille, des enfants. La lettre était très brève, presque sèche. Et tout était contenu dans ces quelques mots. Nos destinées inattendues. Nos noms, simplement cités, et tout était dit. Le notaire, après lecture, a eu un moment de silence, puis a fait quelques remarques, sorte de commentaire de texte qui nous était destiné. Ce genre de lettre n'est jamais facile à faire appliquer pour un notaire car bien sûr les testateurs ne pensent pas aux mesures légales et pratiques. Pour rendre le testament applicable, nous avons donc décidé que chacun des couples désignés, et dans l'ordre stipulé par les défunts, aura un mois de réflexion pour donner son accord ou faire part de son refus de devenir les tuteurs légaux de Jean et Marie. Au terme du premier mois qui court dès ce jour, dans le cas où M. et Mme Sauvage refuseraient, M. et Mme Faye auraient un autre mois de réflexion, et ainsi de suite.

Nous sommes allés au café *L'Univers*. Les enfants et leurs grands-parents sont repartis avec un cousin venu les chercher. La voiture s'éloigne sur la nationale, nous quitte sans le moindre signe. Elle abrite pourtant ceux qui vont peut-être devenir nos autres enfants. Les grands-parents n'ont pas voulu rester. Ils ne savaient comment se comporter à notre égard. Quelle étrange réunion. Qui aurait voulu discuter de ce qui nous arrivait, comme on parle d'un événement comme un autre, un déménagement, un nouveau travail, des soucis domestiques ? Alors on se tait. Il suffit d'être là, dans ce café, abrités par un alignement de plantes vertes devant la grande baie où sont peintes, en arrondi, les lettres "univers". Je sens le soleil qui frappe sur ma nuque. On a surtout parlé des grands-parents, de leur silence. Sans doute nous en voulaient-ils d'avoir été ainsi désignés, préférés à eux et à la famille en général. S'ils reconnaîtraient volontiers qu'ils ne peuvent assurer une telle responsabilité, des amis restent des "étrangers", les liens ne sont pas comparables. On se souvient qu'elle ne s'entendait qu'à moitié avec sa belle-sœur. Pas le même genre de milieu, comme on dit. Et puis, elle, fille unique. Cela limite les possibilités pour placer les enfants. On a ainsi égrené tout ce qui entourait l'événement, les raisons, les causes, les circonstances. Personne, jamais, n'a évoqué cela : nous étions les premiers sur la liste, allions-nous accepter ? Sinon, qui allait dire oui ? Sont revenus aussi quelques souvenirs, de réunions comme celle-ci, où ils étaient là. Il aimait les jeux de mots. Il en cherchait toujours un, au détour d'une conversation, il s'abstrayait quelques instants, puis le sortait, riait d'avance, se marrait parce qu'il le savait mauvais, et que ce n'était drôle que pour cela, parce que le jeu de mots était nul. Le virtuose du M. et Mme Machin ont un fils.

Les bières descendaient mal, on comblait les vides comme on pouvait et puis, finalement, on s'est levés, en nous disant au revoir de loin, distraits par le moment, par cette fin d'après-midi d'hiver lumineuse où l'on sent que la belle saison n'est plus très loin, qu'on attend vaguement quelque chose. Un cri a retenti dehors. Nous nous sommes penchés pour regarder. Impossible de savoir d'où il pouvait venir. Un cri comme il en arrive de temps en temps, sorti de nulle part, auquel on ne prête guère attention sitôt qu'on ne peut en désigner l'origine, pas d'accident, pas de malaise visible, nulle part, alors on l'oublie, pourtant, il a bien été poussé, ce cri, mais on continue comme si de rien n'était. Nous nous sommes quittés tout en nous promettant de nous appeler. Mais nous savions bien que nous n'en aurions pas le courage, car s'appeler, c'était revenir là-dessus, et on attendrait les trente et un jours de réflexion, sans rien se dire.

Dans la voiture, j'ai demandé à Patrick d'aller jusqu'au bois des Novières. Je voulais marcher un peu, faire craquer le tapis de feuilles tombées, brun comme une étendue de tabac séché, humer l'air froid. Les pas dans la forêt. Les questions sans réponse. On pourrait dire oui, sans réfléchir. On voudrait que ce soit simple. Il faut d'abord en parler à Augustin, m'a dit Patrick. Pourquoi? Comment, pourquoi? Il est autant concerné que nous. Mais ce n'est qu'un enfant. Et alors? Alors, rien. Nous regagnons la voiture à la hâte car une pluie inattendue s'annonce. Une fois la portière claquée, je ne sais pas pourquoi, à cet instant-là, je pousse un grand cri. Patrick m'observe, sidéré. Et il a fait remarquer cette chose à laquelle je n'avais pas songé. Depuis qu'ils sont morts, tu n'as pas chanté une seule fois.

Avons-nous pensé avoir un deuxième enfant après Augustin? Pas vraiment, les rouages de notre vie à trois, bien huilés, sans accrocs, nous ont toujours convenu. Et ce n'est pas faute d'avoir aimé les mois d'attente, le bien-être du corps et de sa rondeur, la plénitude lorsque l'autre arrive, de l'intérieur, pousse du pied, se retourne et bâille en laissant monter à la surface de la peau des petites bulles. Et la suite aussi. Le velouté des bourrelets dans la pliure des bras, sur le ventre, la chair dodue des épaules, cette odeur de lait tiède qui s'insinue dans tous les replis, la démarche mal assurée des premiers pas, jambes arquées et dos cambré, profil de petit chimpanzé lorsqu'il tape des mains en riant, puis se laisse rouler sur le tapis, et on le reprend en le levant bien haut, dans les cris de joie qu'il pousse d'être en l'air et de nous voir ainsi les yeux levés sur lui et le ciel, même les nuits passées à bercer les pleurs, moins forts à mesure que le temps passe, le souffle régulier du sommeil revenu, les lèvres entrouvertes et l'aube qui point à travers les rideaux. Bien sûr qu'on pouvait tout recommencer. Mais peut-être nous contentions-nous des souvenirs et de leur éclat encore puissant. Nous avions le temps. Tout le temps devant nous. Et voilà que Jean et Marie nous arrivent et qu'il faut les prendre avec nous.

Car oui, nous allons dire oui. Je ne cesse de le répéter à Patrick. As-tu pensé que nous n'aurons sans doute plus d'enfant à nous ? me répond-il. Oui. On ne choisit pas tout. Anne, précisément, on te demande, on nous demande de réfléchir pour choisir. Le ton est monté. Selon lui, je m'étais décidée sans en parler vraiment avec lui. J'avais décidé et il fallait qu'il suive, j'avais la charité, la bonté de mon côté, mais lui voulait aussi penser à lui, à nous, à notre vie. Oui, et alors ? J'y ai pensé. Et on n'a pas le choix. Ils ont su que nous serions là, on ne peut pas refuser une telle chose. Et lui de me reprocher qu'encore une fois, je partais du principe qu'il fallait dire oui, quoi qu'il en soit. Il a raison. Je crois bien que nous n'avons pas le choix. C'est comme dans les histoires de la Bible qu'on m'a apprises enfant, ça s'appelle l'élection, on est élu, on n'a pas le choix, ça vous tombe dessus et puis voilà, l'existence prend un autre cours, mais bon, c'était écrit. Le lendemain matin, sa colère était retombée. Il m'a dit : tu as raison, on n'a pas le choix.

Cela s'est donc fait ainsi. Nous avons expliqué à Augustin qui n'a pas du tout été étonné. Il a sorti un "je le savais" plein de sous-entendus. Les enfants lui avaient-ils parlé de quelque chose ? Et comme d'habitude, nous n'avons eu droit à aucune réponse, mais réponds, enfin, Augustin, quand on te pose une question, c'est irritant à la fin, non, non, a-t-il fait en se dirigeant vers les toilettes et en ajoutant, manière de se débarrasser définitivement de la question : je dois faire pipi, c'est urgent.

J'ai été tentée d'appeler le notaire en premier. Répondre aux grands-parents, c'était difficile. Mais pouvait-on procéder d'une façon si impersonnelle, à ce point dénuée de chaleur ? Leur grand-père, je le connaissais si peu. Quel curieux couple il faisait à présent avec Irma, couple du hasard et du malheur partagé d'avoir perdu ensemble un enfant. S'en voulant certainement de cette union contre nature, de ce lien impossible. C'est pourtant lui que je me suis décidée à appeler. N'était-ce pas lui qui m'avait annoncé la terrible nouvelle ? Je l'ai fait un soir, assez tard, tant pis, il me fallait le calme et l'assurance de la nuit qui s'approche. Allô ? Oui. Sa voix est neutre, il sait pourquoi j'appelle. Patrick et moi, avons décidé d'accepter la mission qui nous a été confiée par votre fille et son mari. Oui, bien, pensez à avertir dès demain le notaire, pour que les choses soient enregistrées légalement. Oui, bien sûr. Je m'attendais à un mot gentil, à une phrase un peu chaleureuse. Il n'avait pas envie de parler. Au point que les derniers mots se sont perdus dans un hoquet. Au revoir. Cela sonnait comme un adieu. C'était sa fille unique qui était morte dans un accident de voiture. Sa femme était décédée plusieurs années auparavant d'un cancer. Il était seul, il ne pouvait s'occuper de ses petits-enfants. Plutôt que de se désespérer, n'avait-il pas choisi de tout rayer ? Allait-il voir encore ses petits-enfants ? Ou préférait-il par orgueil se retirer puisque c'était à des "amis" qu'on confiait la chair de sa chair, à des amis de hasard, amis qui, le proverbe le dit bien, ne font que passer, qui peuvent partir très loin, avec qui un différend est si vite arrivé, comment peut-on ainsi confier des êtres chers à des amis ? J'ai été blessée. Mais c'était un homme brisé de douleur qui avait accueilli la réponse dans le silence. J'ai raccroché. Je me suis allongée sur le canapé en chantonnant une petite pièce lyrique de Grieg. Patrick est sorti de son bureau en s'étirant. Il n'avait pas éteint l'ordinateur et je pouvais voir le rectangle bleu briller dans l'entrebâillement de la porte. Je ne lui ai pas dit que j'avais déjà appelé le grand-père. Nous avons fait l'amour dans le salon.

C'est Patrick qui a appelé Irma. Elle a assez bien réagi. Elle s'y attendait. Elle a confiance en nous. Elle s'est, elle aussi, inquiétée du notaire. Voulez-vous que nous en parlions aux enfants ? Patrick avait mis le téléphone sur haut-parleur. Et à cette question, j'ai entendu le ton de sa voix changer. Jusque-là, elle était restée dans le registre des convenances, de l'amabilité du jeu social. Et soudain, cela devenait réel. Elle a marqué un temps d'arrêt et puis a dit qu'elle s'en chargerait elle-même. Patrick a demandé qu'on se voie pour parler, pour arranger l'organisation de... de tout cela. Oui, oui, on se rappelle, n'est-ce pas, a-t-elle dit rapidement, avant de raccrocher.

Il lui faudrait le temps à elle aussi. Nous n'avons pas insisté. Elle a mis une semaine pour nous téléphoner. Entre-temps, nous avions accompli les démarches nécessaires auprès du notaire. Nous allons commencer des travaux dans les combles. Le gros œuvre avait été fait il y a quelques années, déjà. J'y pends le linge en hiver, lorsqu'il pleut. Les poutres sont restées apparentes, le plancher de bois est chaleureux. Il manque juste une cloison pour faire deux chambres de ce grand espace. Mais peut-être préféreront-ils partager la même ? Et pour ce qui concerne les meubles, ils voudront certainement reprendre les leurs. Restera à installer des radiateurs. Trois jours de travail au maximum, a déclaré le chauffagiste. Augustin est tout excité à l'idée de ce grand changement dans notre vie. Il énonce sentencieusement des projets à tout bout de champ. Quand Jean et Marie seront là, ils prendront d'abord leur bain, le soir, et puis ce sera moi. Quand Jean et Marie seront là, il faudra faire moins de bruit en rentrant de l'école parce que Jean, il est grand, et il a des devoirs. Je m'étonne. On lui annoncerait un petit frère ou une petite sœur, il se réjouirait moins. Mais précisément, peut-être est-ce parce qu'il sait que ce ne sont pas des frères et sœurs. Peu à peu apparaissent des nœuds, des difficultés auxquelles nous n'avions pas songé. Augustin ne jouera-t-il pas le rôle des enfants gâtés qui torturent la fille d'un premier mariage, telles les deux sœurs de Cendrillon ? Sentiront-ils leur différence, ne vais-je pas me transformer en affreuse marâtre de conte de fées ? Vais-je les aimer assez ? Vais-je les aimer comme il faut ? Lorsque je monte l'escalier pour aller voir leur future chambre, l'espace encore nu du grenier me serre le cœur. Le ciel des lucarnes, blanc le plus souvent par ces temps couverts, est un carré vide.

Les paperasseries commencent. Catégorie personnes à charge : enfants, autres. Il faut remplir la case "autres". Pour les allocations, la Sécurité sociale, les assurances, tout se complique sur la nature de ces "autres". Le notaire nous a bien dit que dans ce cas de figure il ne s'agissait pas de procéder à une adoption. Mais après, dans les administrations, personne ne comprend. Ce sont des enfants à charge, mais ce ne sont pas vos propres enfants, ils sont adoptés alors ? Non, pas précisément. Comment, pas précisément ? Il faut alors rappeler, être sûr des informations que l'on reçoit. Les répondeurs égrènent leurs musiques lancinantes, toutes nos lignes sont occupées, veuillez renouveler votre appel ultérieurement, les meilleures heures pour nous contacter : entre huit heures et demie et neuf heures, entre midi et demi et quatorze heures. Et lorsqu'on tente ces créneaux horaires, on a à côté de soi un diable qui hurle que la tirette de son blouson est coincée, oui, oui, excusez-moi, je vous entends mal, oui, non, c'est mon fils, que disiez-vous ?

J'ai vu Irma à la sortie de l'école. C'est le plus souvent la tante des enfants qui vient les chercher. Irma est rarement là. C'était certainement pour me rencontrer. Anne, vous ne m'en voudrez pas si j'ai tardé à vous appeler, mais je dois avouer que je n'ai pas été très bien ces derniers jours. Les enfants papotent et s'affairent autour d'un truc en plastique que j'ai du mal à identifier, ils nous suivent à quelques mètres de distance. Irma, dans un geste un peu inattendu, prend mon bras et s'y appuie pour marcher. Elle se plaint que son dos la fait vraiment souffrir pour le moment. Puis elle attaque : pourriez-vous venir un prochain soir pour parler de l'avenir de Jean et Marie ? La phrase a été préparée et elle la récite, d'un trait, d'une voix monocorde. J'ai pitié d'elle. Elle souffre. Son fils est mort. Plus rien d'autre ne compte et pourtant il faut s'occuper de tout, du reste, des petits-enfants, de leur avenir, et puis les choses ne vont pas, même pour cela, comme elle l'aurait imaginé. Elle aurait sûrement vu plutôt sa fille les prendre en charge, même si elle est célibataire, devoir s'arranger avec des gens qu'on connaît sans vraiment les connaître, ces gens proches et lointains, cela reste inexprimé, mais sans doute en veut-elle un peu à son fils de cette idée saugrenue, de cette liste farfelue de noms qui les évince, eux, ceux de la famille, cette blessure-là est profonde, plus qu'elle ne veut l'admettre. Et cette femme un peu pliée, finissante, à la vie subitement broyée, qui ne s'est peut-être jamais posé la question du bonheur – on vit, voilà tout, on rencontre un jeune médecin qui fait tourner la tête à pas mal de jeunes filles et puis, on est élue, car on a droit au privilège d'être aimée de celui qu'on aime, on a des enfants, on les élève, le médecin de mari a une belle clientèle, il vous emmène à Venise pour fêter certains anniversaires de mariage et le temps passe, les enfants partent, on a peut-être un petit passage à vide, mais les petits-enfants arrivent, tout peut recommencer, tout cela est dans l'ordre des choses – cette femme-là ne comprend pas qu'on puisse être si malheureux, alors que pour elle le bonheur n'a jamais été une question. Comment peut-on être si malheureux ?

Dans la voiture, j'ai vu l'objet en plastique qui les intéressait tant tout à l'heure. C'est une sorte de scorpion verdâtre monté sur roulettes, affublé d'énormes pinces qu'on peut actionner grâce à une pompe à air reliée à l'abdomen. Augustin est tout heureux d'affirmer qu'il est bien horrible. Et il dit "il est horrible" avec une délectation qui me fait sourire. Jean et Marie t'ont-ils parlé de leur prochaine venue chez nous ? Oui, ils m'ont dit qu'en fait ils n'allaient pas. Ils n'allaient pas quoi ? Mais qu'ils n'allaient pas, voilà tout, oh, tu ne comprends jamais rien. Il ne voudra rien m'expliquer sur ce "ils n'allaient pas". Ils ne vont pas bien ? Oui, c'est ça, dit sur le ton agacé de celui qui ne veut rien ajouter. En claquant la portière de la voiture dans le garage, j'ai aperçu le scorpion sur la plage arrière, sinistre et dérisoire. Irma aurait-elle décidé de ne pas confier les enfants ? Leur aurait-elle dit qu'ils ne viendraient pas ici finalement ? "Parler de l'avenir de Jean et Marie", que va-t-elle nous révéler jeudi soir ?

Souvent, quand je passe devant leur maison, j'ai cette brève hallucination, sa silhouette à la fenêtre de la cuisine. C'est une ombre certainement qui crée l'illusion. Mais cette fois, il y a une voiture et des gens qui entrent et qui sortent. Une camionnette est stationnée, portières arrière ouvertes. Je ralentis. Je reconnais un meuble, c'est une table, aux pieds chantournés, en bois fruitier, qui se trouvait dans un coin du salon et sur laquelle s'entassaient toujours des piles instables de revues et journaux, ceux qui allaient finir leurs jours dans la salle d'attente ou ceux qui en revenaient et n'étaient pas encore partis dans la poubelle. Deux hommes la portent, pieds en l'air, tel un cadavre inerte de bête qu'on emmènerait chez le taxidermiste. Je pourrais penser qu'il s'agit d'un vol en règle, mais je vois qui mène les opérations, la tante, s'affairant autour des déménageurs. Je m'arrête et me gare un peu en retrait. Elle a choisi quelques meubles qui ont du charme, cette table rustique, une commode à tablier de marbre noir qui se trouvait dans leur chambre, une bonnetière Louis-Philippe en orme dans laquelle elle rangeait leur service à verres – le son assourdi de cristal lorsqu'on fermait la porte, ou qu'on passait en cognant le meuble – et puis un des hommes s'est engagé sur le sentier, caché par la peinture d'elle que j'aimais, cette nature morte aux anémones, très épanouies, elles s'éparpillent en cercles rouges et noirs, se fondent dans un velouté anthracite, on a toujours dit anémones, peut-être que le nom des fleurs figure dans le titre de l'œuvre, mais ce sont ces contrastes de rouges, de vieux roses et de couleurs sombres qui m'ont toujours ravie. Disques noirs dans d'autres cercles rouges, cibles végétales et sur lesquelles les yeux se levaient lorsqu'on atteignait le palier qui monte à l'étage. Cette peinture-là s'en va pour je ne sais où. Elle indique l'endroit où la poser. Et soudain, je la déteste, cette fille en jupe verte, à la coupe au carré. Où emmène-t-elle tout cela ? Pourquoi prend-elle cette peinture faite par sa belle-sœur ? Vole-t-elle ces objets, en serait-elle capable ? On dit toujours que les enfants orphelins sont souvent spoliés lors des héritages. Ne va-t-il rien leur rester de leur vie, de leurs père et mère, de ce qu'ils ont aimé ensemble, de ce que leurs yeux de bébé ont vu, dès les premiers jours, des pieds de meubles qui ont été leur premier paysage, du toucher d'un bois poli, aucune trace, rien ? Elle regarde dans la direction de la voiture. Elle m'a vue. Et je démarre brutalement. Je suis lâche. Et comme les lâches, je pleure.

Le spectacle annuel de l'école de musique est dans ses derniers préparatifs. Je cours dans tous les sens, les répétitions sont de plus en plus longues. Il faut encore faire imprimer le programme. J'ai reçu des épreuves où un nom de compositeur sur trois est mal orthographié. L'imprimeur s'énerve au téléphone. Et moi aussi. Poulenk et César Franc, jolies coquilles. Mais Poulenc, vous ne connaissez pas Poulenc ? On l'entend même dans les publicités maintenant ! On ne peut pas savoir qui a fait la musique des pubs, madame, on ne peut pas tout savoir quand même. Moi, je connais juste Mozart et Beethoven. Et Bach aussi. *Que ma joie demeure.* On l'a joué au mariage de ma fille, à l'orgue. Ah c'était beau. Il me le fredonne au téléphone.

Lorsque je raconte à Patrick ce cambriolage, il se moque. Cambriolage, comme tu y vas. Tu ne sais rien de ce qui est arrangé entre eux. Ne te mêle pas de cela. Qui a le droit de toucher à leurs affaires, à leur héritage ? Je leur poserai la question à l'occasion. Tu ne diras rien, Anne, me répond calmement Patrick. C'est inutile. Je ne dirai rien en effet.

Nous avons reçu une lettre le surlendemain. Elle était signée d'Elisabeth, la tante. Sa mère ne pourrait pas nous recevoir jeudi parce que son état de santé est médiocre. Son dos, toujours. Et puis un découragement bien compréhensible. Découragement pour dire déprime sans doute, dépression. Elle se permettait d'ajouter qu'il est très désagréable de se sentir surveillé, voire épié. A l'avenir, nous devrions donc nous montrer davantage discrets et ne pas nous immiscer sans raison valable dans leur vie de famille. Elle m'avait donc reconnue. Et les choses se présentaient plutôt mal. Nous avons décidé de patienter jusqu'après la fête de l'école de musique.

Tous les ans, c'est pareil. Les répétitions sont catastrophiques, les enfants très agités et puis, par miracle, un état de grâce plane sur la première du spectacle. Même les premiers morceaux de la méthode Czerny, pour les plus jeunes, sont habités : l'application se délivre d'elle-même et le toucher, le doigté, parlent d'eux, de leurs mains parfois encore boudinées, de leur enfance. Les petits et jeunes musiciens sont aux anges, les parents ravis et nous, les professeurs, nous recevons des tombereaux de félicitations. On croit s'assagir, d'année en année, on a beau se dire rappelle-toi, c'est toujours ainsi, pourquoi s'angoisser ? Rien n'y fait. Trois soirs d'affilée, les élèves se grisent des applaudissements, s'embrassent dans les coulisses, sont transportés. Je me souviens d'un petit violoniste de six ans qui était venu avec trente-neuf de fièvre, qui a joué, debout, les joues en feu, à l'époque où nous donnions le spectacle peu avant Noël. Les dates ont été déplacées, trop de défections dues aux grippes et aux bronchites.

Pas de nouvelles depuis la lettre. Maintenant que le spectacle est fini, que nous avons repris le rythme habituel de nos semaines, le temps semble bien long. Je crains un peu de les rencontrer. Plusieurs sorties d'école où mon cœur bat la chamade à l'idée de les croiser. Que faut-il leur dire ? Qui sera avec eux ? Faudra-t-il s'expliquer, affronter la tante ? Je me rends compte que, depuis la mort de leurs parents, je n'ai peut-être pas échangé plus de quelques phrases avec eux. A chaque fois empêchée, les circonstances, leur famille. En sortant de la boulangerie, j'ai croisé le chauffagiste qui m'a demandé quand il pouvait prévoir de passer, maintenant qu'on était d'accord sur le devis. Et à mon propre étonnement, j'ai dit que les travaux n'allaient peut-être pas se révéler nécessaires. Pas tout de suite, en tout cas. C'est cela, dans le fond, que je pense à présent. Ils ne viendront pas. Ils iront vivre chez la tante. Et pourquoi pas ? Peut-être que les enfants s'entendent avec elle. Peut-être ont-ils raison, ils doivent rester en famille, même si cela semble moins idéal.

Je rêve à leur vie à venir. La petite ville où elle est pharmacienne, le néon vert qui éclaire le trottoir et la nuit dès cinq heures du soir en hiver, lorsqu'ils rentreront de l'école. L'appartement au-dessus de la pharmacie, le calme, le calme absolu de pièces bien rangées, la télévision qu'ils ont le droit de regarder avec la baby-sitter, et puis elle qui monte leur dire bonjour, leur demande comment ç'a été à l'école, son parfum d'eau de Cologne, ses rangs de perles, elle redescend jusqu'à la fermeture de la pharmacie, ils font leurs devoirs, la baby-sitter prépare le repas, puis elle remonte et mange avec eux, peu de choses sont dites, mamy a téléphoné tout à l'heure, elle viendra ce week-end, on mastique au rythme de la pendule sur le buffet, elle les aime, sincèrement, profondément, elle fait tout pour qu'ils soient bien, et eux s'attachent à elle, ils n'ont plus qu'elle, et plus tard encore, lorsqu'ils auront fait leur vie, ils diront qu'ils lui doivent tout, les parents morts tragiquement, c'est elle qui les a élevés, c'est elle qui leur a tenu la main et apporté les sirops pendant leurs grippes d'enfant, c'est elle qui leur a acheté les nouveaux cartables aux rentrées scolaires, qui a ensuite attendu, angoissée, dans les couloirs, les résultats d'examens importants, à l'université ou ailleurs. Ç'aura été cela, cette tristesse, ce malheur raccommodé, avec soin et amour, mais raccommodé, et que ce soit dans ce que j'imagine d'elle, Elisabeth, et de nous, avec Augustin, leur absence, leur tombe là-bas, ne pourront jamais être abolies.

Une carte postale est arrivée. Villefranche-sur-Mer. Des mimosas surplombent une eau turquoise. C'est le grand-père. La carte a été mise sous enveloppe et il a rempli tout le verso d'une petite écriture droite et serrée. Il demande des nouvelles de Jean et Marie. Il nous remercie de ce que nous faisons pour eux et nous demande pardon de sa froideur qui a pu nous blesser. Il ne se remettra jamais de la mort de sa fille. Et il sait qu'il ne peut plus grand-chose pour ses petits-enfants. Il préfère nous laisser prendre soin d'eux, les élever comme nos propres enfants. Il nous informe de sa situation actuelle, qu'il n'a pas voulu faire connaître à la "belle-famille", vous savez comment elle est, il a rencontré une femme, veuve elle aussi, qui a une maison dans le Sud, et il vit avec elle. Il nous donne toutes les coordonnées. Il aimerait que nous venions avec les petits-enfants en vacances, et lui nous rendra visite, pas souvent, mais tout de même quand il pourra, aux grandes fêtes disons. C'était signé Robert. A-t-il aussi écrit à Jean et Marie ? Augustin est notre seule source d'information, notre petit messager, qui nous rapporte de temps à autre des renseignements sibyllins. Non, ils n'ont pas reçu de carte de leur grand-pa. Tu es sûr que Marie t'a dit cela ? Oui, enfin, ils ont des nouvelles quand même, pas de carte, une grande lettre. Alors il leur a écrit ? Non, je te dis qu'ils n'ont rien reçu. Ce n'est pas très clair, Augustin.

Un soir, nous franchissons le pas. Nous allons chez eux sans nous annoncer. Bonsoir, nous ne dérangeons pas ? Elisabeth qui est venue ouvrir se garde de répondre. Mais son air surpris suffit. Nous voulions vous rencontrer, vous le savez. Nous sommes introduits dans le vestibule où il règne un froid de pièce qu'on ne chauffe jamais, comme dans ce genre de maison. Le silence du lieu où vivent pourtant deux jeunes enfants surprend. Patrick, pendant toute la visite, a gardé son blouson. On ne lui a pas proposé de s'en défaire. Dans le salon, rien ne traîne. Nous sommes assis sur le canapé, l'un à côté de l'autre, sur le bord, moi, les mains dans les poches de mon gilet, je tire machinalement sur le tissu. Je hasarde : les enfants ne sont pas là ? Ils lisent dans leur chambre. Ah. Et comment vont-ils ? Très bien. Tant mieux, tant mieux. Et votre mère ? Elle se repose. Pas trop fatiguée ? Assez. Bon, alors, voilà. Votre mère avait des choses à nous dire et comme nous n'avons pu, à cause de sa fatigue, la rencontrer quand elle avait prévu de le faire, nous prenons un peu les devants. Comment les choses vont-elles se passer pour Jean et Marie ?

Les mots de la lettre qu'elle nous a envoyée me reviennent à l'esprit lorsque je vois son visage fermé. C'est avec Patrick que tout l'échange se fera. Je le sens agacé, j'ai peur que tout ne dérape, sur un mot, sur un ton de voix. Je me ratatine sur le bord du divan, je suis sur le point de glisser sur les coussins de cuir lisse et beige qui se déchaussent un peu de leur assise.

Pour ma mère, c'est très dur. Pour les enfants aussi, ne l'oubliez pas. Un temps de transition nous semble nécessaire. Ils ne peuvent pas ainsi du jour au lendemain quitter leur famille pour aller dans une autre, qu'ils connaissent moins, forcément.

Et le temps de transition, comment l'évaluez-vous ? Quand pensez-vous que ce temps de transition, comme vous dites, sera passé ?

Ce seront les enfants qui le décideront.

Parce que ce sont eux qui ont émis le désir de rester chez leur grand-mère avec vous ?

Oui.

Et pourquoi décideraient-ils tout à coup de s'installer chez nous s'ils veulent rester ici ?

Silence.

Ecoutez-moi bien, maintenant. Cette situation est ridicule et nuisible, pour tout le monde. Qu'est-ce que vous vous imaginez ? Qu'on cherche à vous voler les enfants ? Une lettre testament nous a demandé de nous occuper d'eux, de les élever comme nos propres enfants, c'étaient les mots de la lettre, et nous avons accepté, au nom de l'amitié. Et de fait, ça tombe plutôt bien puisque votre mère ne peut pas le faire. Mais soyez franche avec nous, vous voulez prendre les enfants avec vous ?

Cette question ne vous regarde pas.

Excusez-moi, mais je crois que si. Si vous voulez vous occuper de Jean et Marie, dites-le. Nous ne voulons pas faire leur bonheur malgré eux, et malgré vous. Si vous croyez que c'est mieux pour tout le monde, on devra y réfléchir mais vous savez que c'est aller contre le testament.

Oui, bien sûr, et c'est pourquoi il n'y a pas à revenir là-dessus.

Eh bien, prenons les choses en main, si vous le voulez bien. Parlons des étapes à suivre, des démarches concrètes à faire. De notre côté, nous avons déjà pris un certain nombre de dispositions au sujet des assurances santé, des allocations et autres choses de type administratif. Il y a un chauffagiste qui doit venir mettre des radiateurs dans la chambre qui leur est destinée. Nous devons savoir s'il faut vraiment faire commencer les travaux. Enfin, ce genre de choses.

J'admire Patrick pour cette capacité à se contrôler, à être clair, sans que ses sentiments viennent tout perturber. A sa place, je me serais embrouillée mille fois, j'aurais sans doute eu les larmes aux yeux à plusieurs reprises. J'espère qu'elle n'a pas vu que j'ai tremblé tout au long de leur conversation. J'ai eu froid et j'ai tremblé.

Nous sommes repartis sans voir Jean et Marie.

Il a été convenu que nous irions dans la maison la semaine suivante pour choisir avec les enfants les meubles et les affaires qu'ils veulent emmener chez nous. Ce sera un moment difficile. J'ai demandé s'ils avaient vu un psychologue, s'ils étaient suivis pour tout cela. Le non, ils n'ont pas besoin de ça, un peu offusqué qu'elle a eu alors, m'a confirmé dans mon aversion pour elle, je n'y peux rien, mais je n'arrive pas à éprouver la moindre sympathie pour Elisabeth. Et je la revois, montrant où poser les *Anémones,* à l'arrière de la camionnette, d'un geste sec et obscur. Je ne l'aime pas, je sais qu'elle ne l'aimait pas non plus, sa belle-sœur. On ne vit pas dans les mêmes ambiances, me disait-elle souvent. Elle parlait d'ambiance, par décence, car, oui, elle se savait elle-même femme de médecin de campagne, elles vivaient bien dans le même monde, de ceux qui, il y a cinquante ans encore, étaient des notables, et avaient gardé de cette génération le même rapport aux choses, à l'argent, simplement, ce n'était pas les mêmes ambiances, comme on parle de tonalité en musique. Lorsqu'on allait chez eux, le son était enlevé, majeur, elle portait souvent ce grand tablier de jean taché, revenant de son atelier qu'elle avait installé dans l'appentis der-rière le garage et où elle avait mis dans un coin le télé-phone et l'agenda des rendez-vous. Les deux objets étaient maculés de couleurs vives. Comment Elisa-beth regardait-elle cette artiste qui passait son temps à peindre pendant que son mari sillonnait les routes de campagne et enfilait les consultations, rhinite, grippe, rhinite, grippe, bronchite, bronchiolite, sinusite, répétant les mêmes gestes à l'infini, la feuille du bloc d'ordonnances qu'on arrache, avec les jours qu'on tourne sur l'éphéméride du bureau ? Lorsque Marie et Jean ont été à l'école, elle a eu une proposition sérieuse d'une galerie en ville.

C'est dans l'appentis que j'ai voulu d'abord me rendre. Tout était là, intact. Le téléphone, l'agenda. Je m'en suis approchée. Je l'ai feuilleté délicatement. Il y avait des rendez-vous encore pour la semaine après leur accident. Ses empreintes digitales rouges et vertes sur les lignes des jours. Les toiles en cours – elle en peignait toujours plusieurs en même temps – étaient toujours là, posées contre le mur du fond. Je me suis assise sur son tabouret à vis. J'ai vu son tablier accroché à la patère près de la porte. Et là, plus que le jour du coup de téléphone, plus qu'à l'enterrement, plus qu'au cimetière, une douleur immense m'est entrée dans la poitrine, le souffle manque, on ferme les yeux très fort, les paupières sont toutes contractées, et le seul mot qu'on peut penser et qui revient en boucle : pourquoi ? Cela passe pourtant. On ouvre les yeux. Le tablier est toujours là, mais il ne fait plus mal à ce point, on en revient au discours de la simple tristesse. On peut se dire : mon Dieu, ce tablier qui pend, vide,

qu'elle ne mettra plus jamais, qui était pourtant tellement à elle, elle qui est morte, comment est-ce possible, elle qui est morte. Patrick, Irma, Elisabeth et les
enfants m'ont laissée seule dans cet appentis. C'est la
première fois que nous revenons dans leur maison
depuis leur mort. Et lorsque je les rejoins, les visages
de Jean et Marie sont bouleversés. Marie ne veut pas
bouger de sa chaise dans la cuisine. Elle crie, elle
pleure, puis se tait, elle ne veut pas bouger. Pour la
première fois depuis l'enterrement, je l'entends dire :
maman. Et de l'entendre dire ainsi maman, doucement, si doucement, je suis chavirée. Je la serre très
fort dans mes bras. Jean pleure et embrasse sa sœur.
Nous nous tenons ainsi tous les trois un long moment. Puis nous desserrons notre étreinte. On regarde par la fenêtre de la cuisine. Il y a le toboggan en
plastique, blanchi par les étés, la bâche qui recouvre
le bac à sable, pleine d'eau et de mousse. Je prends un
verre d'eau au robinet et j'en propose à Marie puis à
Jean. Ils boivent en contemplant le jardin abandonné,
les herbes ont déjà envahi certains parterres, le tout
s'ensauvage. Maman n'est plus là pour entretenir les
rosiers. Maman ne sort pas de l'appentis, elle ne court
pas comme les jours de pluie, pour rentrer dans la
maison. Nous avons revisité toutes les pièces. Irma et
Elisabeth nous accompagnent, tendues, graves. La
cérémonie est lente. La salle d'attente. Les magazines

s'étalent encore sur la table basse. La terre dans les pots de plantes près de la fenêtre est dure et grise. Le cabinet de consultation. Le grand fauteuil à roulettes que Jean faisait tourner avant de s'élancer à travers le couloir, dans les grands cris de sa mère, arrête tout de suite, le fauteuil à roulettes, immobile, légèrement tourné vers la porte, intact, comme s'il était resté dans la même position que lorsqu'il s'en est levé, pour la dernière fois, la montagne instable de médicaments sur le haut de l'armoire à glissières en verre opaque, un paquet rose et blanc, Rovamycine, par terre, il a dû tomber du haut de la pile.

En passant devant le mur où était accroché les *Anémones*, je regarde par terre. Je me tais. Alors, papa et maman ne sont vraiment plus là ? demande Marie en montant l'escalier. Je croyais qu'ils étaient tout seuls ici, Mamy avait dit qu'ils étaient tout seuls, je pensais qu'ils étaient ici.

C'est tout vide. La chambre est vide. Nous ne faisons qu'entrouvrir la porte. Leur absence nous saute à la gorge, nous refermons vite sur le monstre. Le temps d'apercevoir un bout de la fenêtre qui donne sur le jardin, le rideau négligemment tiré, le tapis devant le lit et des livres qui traînent par terre. La pièce à côté, c'est la chambre de Marie. Elle pousse un petit cri de joie en entrant et court se rouler sur son lit. Jean la regarde en silence. Puis il s'élance sur elle pour arrêter son mouvement. Arrête, arrête. C'est dit d'une voix presque adulte. Elle s'assied en l'observant, étonnée, interdite. On emmènera certainement tout de sa chambre. Plus loin dans le couloir de l'étage, c'est la chambre de Jean. Il reste sur le seuil. Il contemple. Il ne dit rien pendant un temps, puis : elle était belle ma chambre, je l'aimais bien. Dans la salle de bains, des serviettes pendent encore, le joli désordre des bains du soir règne. Nous ne sommes pas allés jusqu'à la chambre d'amis.

On est tous assis dans le salon. Qui va s'occuper de prendre les affaires ? Elisabeth assure qu'elle s'en charge. Elle explique que jusqu'à la majorité des enfants, la maison sera louée. Elle fera entreposer les meubles dans le grenier qui est vaste, et la location sera versée sur leur compte épargne. Je dis qu'on prendra tous les meubles des deux chambres, leurs vêtements, jouets et affaires, on triera ensuite chez nous. C'est plus simple. Jean et Marie sont un peu hébétés. Comprennent-ils que c'en est fini ? Ils ne vivront jamais plus dans cette maison, ou pas avant de longues années, dans une autre vie, leur enfance s'arrête sur ces mots, prononcés dans le salon, lors de notre curieuse assemblée, ils s'en souviendront. Irma se lève brusquement et court dans la cuisine faire éclater un sanglot qu'elle retient depuis longtemps. Je serre convulsivement la main de Patrick. Il n'a pas dit un mot depuis que nous sommes entrés.

Tout ne devrait-il pas cesser là? Le monde, nos vies minuscules, impuissantes à faire autre chose qu'à suivre leur cours, impuissantes à faire que cela n'ait pas été, l'accident, la mort, l'impensable solitude de ces deux enfants. Je les regarde. Je suis désarmée. Que pourra notre amour pour eux contre ce désastre?

Patrick demande alors à Jean et Marie s'ils sont bien d'accord d'habiter avec nous et Augustin. C'est bien d'accord?

Ils ont des mines étonnées. Marie jette un coup d'œil sur Jean. On va habiter avec vous, alors?

Oui, c'était en tout cas le souhait de votre papa et de votre maman, vous le savez, vous étiez avec nous chez le notaire lorsqu'il a lu la lettre. Vous vous en souvenez?

Oui, oui, mais Mamy a dit que ce n'était pas sûr.

Irma commente immédiatement: c'était au début, il fallait savoir si vous alliez accepter, n'est-ce pas? Mais maintenant qu'ils ont dit oui, c'est sûr.

Ah, bon? Mais tu as encore dit hier qu'on allait rester chez toi.

Irma regarde Jean avec amour et puis s'adresse à nous: vous voyez qu'ils ne savent pas très bien ce qu'ils veulent. Je crois qu'ils préféreraient rester avec moi. Mais, bon...

Marie se met soudain à pleurer. Je veux rester ici, je veux papa et maman, ici, je veux rester ici, dans ma chambre.

Je m'approche d'elle pour la calmer, pour la bercer dans mes bras, mais elle me rejette violemment en poussant de grands cris et en me jetant des coups de pied.

Irma la prend contre elle. Là, calme-toi, chérie, calme-toi.

Je suis désemparée et en colère. Je sens confusément le traquenard. Les enfants à la fois objets à défendre et boucliers. Je dis simplement : ils ont besoin d'être aidés ces petits. Je connais une dame très bien, une pédopsychiatre qui... La pharmacienne me coupe la parole sèchement. Je vous ai déjà dit qu'ils n'ont pas besoin de cela. Ne vous en mêlez surtout pas.

Patrick réagit en haussant le ton. Mais on a le droit de se mêler, Elisabeth. Nous serons en charge de Jean et Marie. Non, je me trompe, nous sommes, légalement, déjà en charge de ces enfants. Et si...

Irma hurle alors : sortez d'ici, sortez d'ici tout de suite ! Laissez-nous ! Et elle éclate en sanglots.

Médusés, nous reculons. Nous sortons.

A ce moment-là, je sais déjà que nous n'irons plus dans cette maison, jamais. Les cris, leur posture à tous les quatre, Elisabeth debout, le menton relevé, tenant contre elle Jean, et Irma accroupie, enlaçant Marie, et tous quatre nous fixant. Comment départir la douleur bien naturelle d'une famille endeuillée et la folie familiale ? Patrick me dit qu'Irma a perdu les pédales depuis l'accident. Et on le comprend aisément. Mais cela ne remonte-t-il pas à plus loin, à cette première dispute où ils ne se sont plus parlé pendant près de deux ans ? J'ai soudain envie de partir. Je propose à Patrick un voyage pour nous trois. N'importe où, à la mer, en Italie. Je suis hantée par l'idée que nous allons peut-être revenir sur notre parole. Je confie à Patrick, le matin qui suit cette scène de terreur, à quel point j'aimerais aller à la mer. En posant la tasse de café sur la table, je répète : allons à la mer... Il fait très beau. L'air est déjà presque chaud dans la cuisine, la fenêtre est ouverte, et au-dehors tout vibre. Augustin répète avec conviction : oui, oui, allons à la mer. Je me demande si Patrick ne veut pas plus que moi tenir parole. Lui qui n'était pas là lorsqu'on les a portés en terre. Pourquoi pas, oui, on pourrait à aller à la mer. Deux mouches sont entrées et font la course au-dessus de la table. Patrick se lève pour fermer la fenêtre, le murmure du dehors cesse. Il s'adresse à Augustin. Ecoute, il faut que tu saches que cela ne se passe pas très bien avec la grand-mère de Jean et Marie, avec leur tante non plus. Je crois qu'elles ne veulent pas qu'ils viennent vivre ici avec nous. Et eux sont tellement tristes d'avoir perdu leur papa et leur maman qu'ils ne savent pas très bien ce qu'ils veulent. Ils ne vont donc pas venir tout de suite. Et nous, on va partir quelques jours au bord de la mer. On va aller à l'hôtel.

Le temps a changé. Les jours splendides du début du mois, les arbres nets comme de larges fissures qui s'épanouissent sur le ciel bleu et sec, ont fait place à une grisaille un peu humide. On n'a jamais de chance quand on part en vacances, répète Augustin dans la voiture. On démarre et le ciel est gris. Tu crois que c'est le pot d'enchantement qui fait ça? Le pot d'échappement, Augustin. Oui, c'est ça. Non, c'est le hasard. La radio est à fond qui passe des vieux tubes. C'est quoi le hasard? La chanson fredonne: "On s'est aimés comme on se quitte, tout simplement sans penser à demain, à demain, qui vient toujours un peu trop vite, pour des adieux qui quelquefois se passent un peu trop bien." Le hasard, c'est comme la chance, mais en moins réussi. En moins gentil, plutôt.

L'hôtel est exactement comme sur la photo du guide. En bord de digue, face à la mer. C'est un ancien casino. Il a gardé les stucs des salles de jeu d'autrefois dans les salons du rez-de-chaussée et le restaurant. Le tout a été rafraîchi de couleurs balnéaires à la mode, blanc et bleu, avec du bois cérusé sur certains lambris. Une grande terrasse donne sur la promenade. S'il ne fait pas trop froid, on pourra peut-être y prendre les petits déjeuners en manteau. Augustin s'ébroue comme un jeune chien avant de s'élancer vers les petites marches qui descendent sur la plage. Il faut déjà courir après lui. Nous nous arrêtons tous les deux, en nous appuyant sur la balustrade de métal qui longe la digue. La ligne des vagues, petit trait blanc intermittent qui vient de si loin, modeste et pourtant résidu de l'infini. La mer ouvre l'esprit. C'est la marée descendante. Bientôt, la plage se perdra jusqu'à l'horizon, rejoindra le ciel bas. Nous respirons l'air doux et salé. Nous nous serrons. La plage est presque déserte. Augustin zigzague. Pour peu, on appellerait cela le bonheur. Si on se lavait du reste, de la mort, des pertes irrémédiables, de la peur de ce qui arrive. Si on ne vivait que le présent. Des jeunes passent en rollers derrière nous, suivis par un labrador beige qui court d'avant en arrière. Augustin a disparu soudain de notre champ de vision. Nous descendons sur la plage. En nous voyant, il se met à courir comme un perdu et nous faisons semblant de chercher à le rattraper, mimant un effort insurmontable, et il rit en se retournant vers nous, il rit à gorge déployée, tellement qu'il se laisse tomber sur le sable, s'allonge les bras grands ouverts, rit encore en regardant le ciel, le corps offert au vent, aux éléments.

Nous avons vraiment bien fait de partir. Nous nous sentons à l'aise dans la grande chambre où l'hôtelier a mis près de la fenêtre un lit pour enfant. Le balcon donne sur la mer, comme je l'avais demandé au téléphone. Et ce sont les mêmes couleurs calmes des pièces du bas. Augustin trie et lave sa première collecte de coquillages dans la salle de bains pendant que nous nous reposons, allongés sur le lit. J'essaie de ne penser à rien. La fin de l'après-midi s'étire calmement. On entend des cris d'enfants et une musique lointaine qui doit venir du marchand de crêpes installé à l'entrée de la digue. On pourrait être n'importe où, à Oran, à Athènes ou Istanbul. Un parfum de mer, une rengaine incompréhensible, une fin de journée, une chambre d'hôtel. A côté de moi, Patrick s'est endormi. Nous quittons la chambre en catimini. Augustin veut absolument aller visiter les toilettes du rez-de-chaussée. Partout où il va, il veut visiter ce genre d'endroit. C'est propre, carrelé de blanc avec des listels colorés, à motif de nœuds marins. Nous croisons une dame très fortement parfumée. Et Augustin ne peut s'empêcher de dire bien haut : hmm, ça sent fort. Chut, tais-toi. Elle se retourne vers lui en souriant : oh le petit coquin. Elle a un accent allemand. Après la visite rituelle, nous nous rendons dans la salle à manger. L'endroit est désert. Deux jeunes filles plient des serviettes près du meuble de service. Les tables ne sont pas encore dressées. Dans un angle de la salle, un piano demi-queue sert de plateau où poser les décorations : bougeoirs et petits vases y sont alignés. Augustin me demande de jouer. Vas-y maman, chante, il n'y a personne. Les serveuses ne font pas attention à nous et je m'installe. Il n'y a pas de tabouret, je prends une des chaises de la table voisine. Elles se retournent lorsque je commence à plaquer quelques accords. Visiblement, la chose les amuse. Elles écoutent poliment et avec curiosité l'Arietta numéro 1, opus 12 de Grieg qui ne doit pas impressionner beaucoup leurs oreilles. Elles quittent la salle, mais reviennent, accompagnées de deux garçons qui travaillent sans doute en cuisine. Ils forment un timide auditoire, à distance. Pour ne pas les décevoir, j'entame des airs plus connus, un *Summer Time* qu'ils osent applaudir tout en se chuchotant des mots à l'oreille. Et la mélodie s'accorde avec la pièce déserte, ouverte sur la mer et le prélude à l'été des allées vides, sur les quelques passants, sur les rares voiles à l'horizon. Je poursuis avec *Cry Me a River* lorsque Patrick apparaît à l'autre bout de la salle. Vous jouez ce soir ? , hasarde une des deux jeunes filles, reprise immédiatement par le plus âgé des garçons qui lui dit tout bas mais pour que je l'entende : Jennifer, c'est une cliente, on ne parle pas comme ça.

Le piano fermé, les alignements de bibelots, le léger désaccord sur une partie du clavier, tout cela donnait un son et une musique un peu bancals, mais un curieux charme opérait, lié à l'endroit sans doute, aux nappes saumonées, recouvertes de carrés de tissu blanc, aux voilages des fenêtres qui remuaient doucement. Augustin était aux anges. Et les filles ont fini par lui chatouiller le menton. Il a couru vers Patrick et nous sommes sortis faire un tour avant le dîner.

Les jours ont passé ainsi, reposants et vides, de grasses matinées en promenades sur la plage, de petits déjeuners qui traînent – nous quittons toujours la salle les derniers – en bains interminables. Curieusement, Augustin s'est très vite fait à ce rythme inhabituel. Nous nous soucions à peine du temps, il a fait couvert presque en permanence, à l'exception d'un grand après-midi de soleil passé dans le jardin d'un château tout proche, qu'on retrouve sur tous les prospectus touristiques du coin, photo un peu de guingois qui mord sur le cliché d'une plage vue du ciel, demeure du XVIe siècle. Nous avons fait le tour des pièces meublées au pas de charge, pour une fois que nous nous étions décidés à le visiter, le ciel se dégage, nous passons par les cuisines en vitesse, grandes cheminées, chaudrons, ustensiles, petites nappes à carreaux rouges et blancs, puis quelques tapisseries flamandes, du cuir de Cordoue de-ci de-là, de la marqueterie, au passage une belle bibliothèque, le soleil joue sur les rayonnages et à travers un rideau un peu dentelé, la lumière ocelle le parquet, près du secrétaire ouvert et fugitivement, on imagine bien la douceur d'être là, l'érudit, le poète, le sans-souci, dans cette chambre qui craque sous les pas lorsqu'on se dirige vers les fenêtres donnant sur le parc. Le parc, à l'anglaise, des étangs à carpes koï, comme indiqué sur le panneau planté près des joncs. Il fait chaud soudain, on enlève les manteaux, on s'allonge sur les pelouses, on respire lentement.

Une semaine, ce n'est pas long. Je dois reprendre mes cours de musique et Augustin qui a manqué deux jours de classe ne peut s'empêcher de se sentir vaguement coupable. Patrick et moi n'avons aucune envie de rentrer, de reprendre le collier pour employer cette terrible expression qui fait de nous des bêtes de somme, nous qui pourtant avons des métiers plutôt agréables. La veille de notre départ, j'ai fait un rêve dont je me souviens avec une précision telle que je crois que je m'en rappellerai longtemps. Je marche dans une ville que je ne connais pas. C'est la nuit. J'avance un peu au hasard, la ruelle que je longe débouche sur une place éclairée de lumières orangées. La place est entourée de maisons anciennes, médiévales, leur architecture fait penser à ces demeures à pignon en escaliers qu'on trouve dans les villes flamandes. Parmi ces bâtiments s'élève une sorte de beffroi. Je m'en approche, attirée irrésistiblement. J'entre et m'engage dans l'escalier. Je monte ainsi, longtemps. Le dernier palier donne sur une porte en bois. Je la pousse et je vois, assise, une vieille femme aux cheveux gris. Visiblement, elle m'attend. Elle me dit : je vais te dire le secret, la vérité que tu attends. La vérité. Et à peine a-t-elle prononcé ces mots qu'elle disparaît. Je suis seule en haut de cette tour. Je remarque qu'il y a de la paille par terre et une chouette perchée sur une poutre de la charpente. Mon rêve se termine là. J'y pense beaucoup pendant tout notre voyage de retour. Que signifie-t-il d'autre que ce qui y est dit : j'attends une vérité qui ne vient pas ?

Nous ne nous sommes fixé aucune conduite, nous n'avons pris encore aucune décision concernant Jean et Marie. C'est de leur enfance puis de leur adolescence qu'il est question, des années à venir. S'il faut patienter six mois pour que la grand-mère fasse son deuil d'une vie qui ne sera plus jamais la même, on peut patienter, que sont ces six mois ? Je veux les voir, leur parler, savoir comment ils vont, réellement. Il faut percer la cuirasse, je voudrais les comprendre. Je suis obsédée par cette question : comment vont-ils ? Je me décide à aller parler à leurs maîtresses d'école.

L'institutrice de Jean est grande et forte. Elle me regarde m'approcher avec une réserve visible. Qui c'est celle-là, que me veut-elle ? Encore une emmerdeuse. Oui ? Je commence mal, je m'empêtre dans les excuses, les circonlocutions. Soyez claire, je n'ai rien compris. Je suis une amie des parents de Jean. Et j'aurais voulu avoir une conversation avec vous sur Jean, savoir comment il va, je m'inquiète pour lui. Votre inquiétude vous honore, madame, mais je ne sais de quel droit vous vous autorisez à m'interroger. Je n'ai pas à vous divulguer ce qui, d'une certaine manière, relève du secret professionnel. Jean va bien, comme on peut aller lorsqu'on vient de perdre ses deux parents dans un accident de voiture. Je ne peux vous en dire plus. C'est que j'étais une amie très proche de ses parents, et de lui et sa sœur par conséquent, et puis, nous avons été désignés pour les prendre avec nous, chez nous. Ah, je ne suis pas au courant. Il vit toujours chez sa grand-mère et sa tante et ce sont elles nos interlocutrices. La classe est finie, madame, des tâches m'attendent. Je vous prierai de m'excuser. Au revoir. Au revoir.

L'institutrice de Marie est une femme plus joviale. Elle a encore affaire à des petits, elle est maternelle. La pauvre enfant, s'exclame-t-elle tout de suite. Quel malheur pour elle, et pour son frère, quel malheur ! Elle me fait entrer dans la classe. Nous nous asseyons sur le bord de ces tables rondes qui semblent faites pour des petits lutins. Marie est une enfant assez secrète. Elle ne s'est jamais beaucoup confiée mais c'est vrai que j'ai remarqué qu'elle est sujette à des sautes d'humeur qu'elle n'avait pas avant. J'ai eu à peine le temps de me présenter et la maîtresse me demande comment je la connais. J'explique en deux mots. Son visage change brusquement. Ah, je vois, c'est vous. Sa grand-mère m'a parlé de vous... Ecoutez, comment vous dire, je ne veux pas me mêler de ce qui ne me regarde pas, mais je suis très embarrassée par votre démarche... Vous me prenez un peu au dépourvu.

Voulez-vous m'appeler pour prendre un rendez-vous, parce qu'il faut que j'y aille maintenant, j'ai des enfants, moi aussi... Elle sort précipitamment un trousseau de clés de son sac et quitte la pièce. Au revoir madame.

Et je me retrouve seule dans le couloir de l'école, je la vois s'éloigner en faisant retentir ses talons sur le carrelage de ciment. Dans l'école à présent vide, la perspective est longue qui va jusqu'au palier de l'escalier principal, plusieurs portes rythment la ligne du mur et, à droite, les fenêtres se succèdent sur les marronniers de la cour de récréation. Elle a disparu dans la cage d'escalier. J'entends son pas diminuer, des portes claquent en bas, quelques paroles sont échangées. Puis le silence redevient total. Tout à coup, mes jambes ne me portent plus. Je m'assieds. Je suis parcourue de tremblements incontrôlables. Mes bras tremblent, mes jambes tremblent, tout mon corps est secoué et je n'y peux absolument rien, j'essaie de respirer lentement, calmement, je me raidis pour que le tremblement cesse mais il revient, comme une vague, il remonte à la surface, j'ai mal au cœur, vraiment, je me sens si mal, si mal, je voudrais pleurer, mais même cela, je n'y arrive pas. Je voudrais crier au secours, mais je me retiens, j'ai froid, je voudrais crier et je me retrouve simplement à gémir. Je me frotte les mollets, mon Dieu comme j'ai froid, et personne, j'ai l'impression que je vais mourir là, dans ce couloir d'école, si personne ne vient. Personne ne vient. Le temps est interminable. Je suis prise de nausée. Je ne comprends rien à ce qui m'arrive. Pourquoi, soudain, ai-je dû m'asseoir par terre ? Quelle heure est-il maintenant ? Cinq heures vingt, j'ai pourtant l'impression que cela fait une éternité que je suis là, par terre. Les carreaux de ciment sont glacés. Je ne peux pas me relever. Quelle est cette force qui me plaque au sol, me secoue des pieds à la tête ? J'ai toujours aussi froid et pourtant maintenant, je m'en rends compte, la sueur coule de mon front sur mes joues et perle dans le cou, me mouille le dos, je m'essuie comme je peux le visage, je ne peux que gémir, qui va venir m'aider, me porter ? Je voudrais être chez moi, je voudrais que Patrick soit là, je voudrais être allongée contre lui, sentir sa chaleur, dans notre lit, avec nos objets familiers, la table de nuit, la lampe jaune, les photos de nous, je crois que cela m'aiderait, je ne tremblerais plus, je n'aurais plus peur de mourir, tirez-moi de là, de ce couloir qui n'en finit pas, de cette peinture au mur qui s'écaille, sans couleur. Que cela finisse. Que cela finisse, mon Dieu, que cela finisse.

Comment m'avez-vous trouvée ? C'est la première question que je pose à Patrick. Son visage est encore blanc de l'inquiétude passée. Il me regarde sans répondre, pense à autre chose. J'insiste. Comment m'a-t-on trouvée ? Tu ne rentrais pas. Je ne savais pas où tu étais, Augustin non plus, j'étais allé le chercher à la sortie de l'école, nous sommes rentrés à la maison ensemble. Tu n'y étais pas. On a pensé que tu étais en courses. Mais tu as tardé. On a appelé le supermarché pour savoir si tu y étais passée. Non. Aucune caissière ne se souvenait de t'y avoir vue, ni chez aucun autre commerçant, ni Joubaud, ni Roussel. A l'école de musique, rien, mais Mme Leroy nous a dit qu'elle t'avait croisée à l'école maternelle vers cinq heures. J'y ai foncé en laissant Augustin aux voisins. Voilà comment on t'a trouvée. Que faisais-tu là, Anne ? Le médecin a diagnostiqué un malaise vagal. Crise de tétanie ou réaction allergique à un produit. Tu as pris quelque chose d'inhabituel, un médicament particulier ? Que t'est-il arrivé, Anne ?

Je me sens très fatiguée. Je n'ai pas envie de répondre. Je lui dis que je me sens très fatiguée. Des médicaments sur la table de nuit, des ordonnances, un fatras de papiers, je suis de nouveau chez moi, dans le lit auquel je rêvais, là-bas, dans ce couloir sordide, et curieusement, je ne me sens pas si bien, cela ne suffit pas. J'ai maintenant une sorte de poids sur la poitrine qui ne veut pas partir. Heureusement, je ne tremble plus, je ne transpire plus. Je ne suis pas soulagée pour autant. Le lendemain, je me réveillerai avec ce même poids sur le cœur. Le médecin est passé voir comment ça allait. Ma tension est bonne, tout va bien. Encore quarante-huit heures pour vous remettre, et il n'y paraîtra plus. Dans trois jours, Patrick doit aller en mission à Londres. La perspective de son départ me terrasse. Ce ne doit pas être long, à peine deux jours. Pourtant, l'idée d'être seule me démolit. Comment lui avouer ? Comment admettre cet état ? Tout me pèse. Le lever, les tâches de rangement les plus anodines me paraissent insurmontables, je parviens à peine à le cacher à Augustin. La table du petit déjeuner n'est pas débarrassée. Patrick est parti conduire Augustin à l'école. Je devrais ranger le beurre, le pain, le lait, vider le fond de la cafetière, la rincer, je commence, je pose le beurre et le lait dans le frigo, puis je m'assieds, comme épuisée. Et je contemple le reste, incapable de faire quoi que ce soit de plus. Lorsque Patrick rentre, il me voit, immobile, en train de fixer la table. Alors, il s'assied à côté de moi et on parle.

Peut-être bien que oui, c'est cela. Oui, c'est certainement cela. Qu'allons-nous faire, Patrick ? Tu ne le sais pas, mais elles ont parlé de nous à leurs institutrices, j'en suis sûre, en mal, difficile de savoir quoi exactement, mais en mal. Pour nous éloigner des enfants certainement. J'aurais dû te le dire que j'allais voir leurs institutrices pour avoir de leurs nouvelles, savoir comment ils sont en classe. Celle de Jean n'a rien voulu me dire, m'a prise de haut, et l'autre, dès qu'elle a su qui j'étais, s'est enfuie. J'en suis malade. L'idée qu'on va peut-être les abandonner me rend malade.

On ne les abandonne pas, Anne. On se débat dans une situation difficile, on ne pourra pas dire qu'on n'aura pas essayé. Et rien n'est perdu encore.

Je voudrais les voir, leur parler. Depuis que leurs parents sont morts, on ne leur a pas vraiment parlé. Est-ce qu'on leur a seulement exprimé notre tristesse, notre chagrin ? Est-ce qu'on leur a seulement dit qu'on les aimait, qu'on voudrait qu'ils soient heureux, malgré leur malheur, comme leurs parents l'ont écrit dans leur lettre ? Comment peut-on être à ce point empêché des choses essentielles ? On n'a pas beaucoup de courage. Les circonstances, les situations nous contraignent. On est réservé, on est poli. On veut préserver la grand-mère, la tante. On est poli. Voilà, c'est cela le mot, on est poli. On nous a appris à garder notre place, à ne pas trop montrer nos sentiments. Mais pourquoi ne pourrait-on pas lui dire à cette tante qu'ils ont besoin d'être suivis par un psy, quoi qu'elle en pense, qu'elle et sa mère sont en train de les étouffer, qu'elles sont le malheur qui se rajoute au malheur ? Eh non, cela ne se fait pas, il ne faut pas juger. J'en crève de ne pas pouvoir leur balancer tout ça à la figure. Je crois que je commence à les haïr pour de bon, comme elle a dû la haïr aussi, au moment de leur grande dispute.

On ne peut pas, Anne. Si on veut mettre toutes les chances de notre côté, on ne peut pas se permettre.

Et si c'est la vérité ? Et si j'ai ces sentiments, qu'est-ce que je suis censée faire ? Mentir, les réprimer ? On ne va pas y arriver, Patrick. Tu le sais, on a été de bonne composition, on a été compréhensifs. Mais là, d'aller colporter je ne sais quelles calomnies aux institutrices... C'est bien d'elles que cela vient, le rejet que j'ai subi, c'est signé, oui ou non ? On ne va pas y arriver, Patrick. On va les abandonner. C'est impossible, mais c'est comme ça. On va les abandonner. Est-ce que tu peux t'arranger pour que je les voie, que je leur parle ?

Tu n'es pas en état, Anne, attends un peu.

Patrick a annulé son séjour à Londres. J'ai attendu. On m'a soignée, on m'a donné des médicaments pour, j'ai attendu de me réveiller avec moins de lourdeur dans le corps, j'ai attendu d'avoir à nouveau envie d'aller à l'école de musique. C'est revenu lentement. Je sais que Patrick a fait des démarches entre-temps, il les a vues, j'en suis sûre, même s'il ne m'a rien dit, des mouvements ont eu lieu entre eux, des choses se sont peut-être débloquées. J'ai parlé d'une promenade, dimanche après-midi. Une belle marche. Est-ce que ce serait possible ? Augustin s'est souvenu d'un endroit où l'on n'avait pu s'attarder, il y a quelque temps, et où il aimerait retourner. Il veut revoir une vieille maison en ruine qui se trouve après les étangs. Patrick est d'accord, il va arranger une promenade avec Jean et Marie.

Je ne veux pas savoir comment il les a appelés, ce qu'il a dit et à qui. Je sais simplement que cela va se faire, qu'on passe les prendre. Il a klaxonné. Jean et Marie sont sortis, seuls. Ils avaient chacun un petit sac à dos. En les voyant, j'ai retenu mes larmes. Augustin a ouvert sa portière et ils sont montés. Ils sourient. Nous roulons jusqu'à la sortie du village, puis on bifurque à droite. Sur un sentier, un peu plus loin, c'est l'entrée du bois. Il y a un terre-plein où l'on gare les voitures en essayant d'éviter les ornières qui sont sèches aujourd'hui. Il fait grand beau temps même si le vent souffle. Les enfants descendent. Je les embrasse. Je leur trouve bonne mine. On s'engage sur le petit chemin qu'on devine à peine sous les herbes hautes penchées par les bourrasques et qui longe l'orée du bois. Sur notre droite, des pâtures s'étendent presque jusqu'à l'horizon, tachetées au loin de vaches blanches. Augustin est très fier de porter le sac à dos où l'on a mis le goûter. Eux aussi ont emmené des gâteaux et des fruits. Le chemin est étroit. Augustin marche à côté de Patrick et moi, j'avance, entourée de Jean et Marie, je les tiens par l'épaule. Au bout de quelques mètres, Augustin a déjà trouvé un bâton à

son goût qu'il fait fièrement balancer à chaque en-
jambée. Je suis le berger! Je suis le berger! crie-t-il
avec sérieux. Cela amuse Marie. Elle le rattrape en disant qu'elle est aussi un berger. Je me retrouve seule,
à côté de Jean. Je lui demande comment ça va. Ça va.
Et à l'école? Ça va mieux. J'ai eu des très mauvaises
notes un peu partout, sauf en dessin, mais j'ai re-
monté. La maîtresse a dit que je passerai quand
même l'année. Elle m'a dit que c'était normal que
j'aie eu des mauvaises notes aux derniers contrôles.
Quelqu'un t'a aidé? Elle m'a pris après la classe quelquefois pour faire des exercices. En maths, surtout,
c'était catastrophique. Tu sais, Jean, on pense beaucoup à toi et à Marie, on voudrait vraiment que vous
vous en sortiez. On aurait voulu vous voir plus souvent, vous aider plus, mais... Oui, je sais. Mamy, elle
ne vous aime pas tellement. Mamy, elle est très triste,
elle pleure beaucoup, tous les jours. Heureusement
Elisabeth, elle ne pleure presque jamais. Et qui s'occupe de la pharmacie depuis qu'elle vit avec vous
chez votre mamy? C'est son pharmacien. Son pharmacien? Oui, le monsieur qui fait les mixtures pour
elle. Elle y va de temps en temps pour vérifier que
tout va bien, mais c'est son pharmacien et les autres
qui travaillent. Est-ce que vous avez vu un monsieur
ou une dame pour parler un peu de votre papa et de
votre maman? Je ne sais pas. Tu n'aurais pas envie de

parler à quelqu'un de votre papa et de votre maman ? Jean ne répond rien. Il a les mains dans les poches de son blouson, il y triture certainement les choses glanées de-ci de-là, une vieille pièce de monnaie, des papiers de bonbon, des petits bouts de bois, un débris de jouet en plastique. Il doit mentalement vérifier que tout est encore là. Je lui dis que moi j'aimerais pouvoir parler de son papa et de sa maman. Ils me manquent. Je pense à eux tous les jours. Pas un jour qui passe sans que je ne pense à eux. Et toi ? Non. Tu ne penses pas à eux ? Pas de réponse.

Le chemin pénètre maintenant dans le bois. C'est plutôt un sous-bois d'ailleurs, pas de la haute futaie, mais des arbres jeunes, aux troncs qui hésitent encore entre plusieurs ramures. Beaucoup de branches mortes parsèment le sol roux des feuilles qui n'ont pas pénétré la terre de leur humus tout frais. Tout cela craque, nos pas sont sonores. Des anémones des bois ont fait leur apparition qui étoilent l'étendue un peu terne. Au-dessus de nos têtes, les feuilles sont encore tendres, n'ont pas le vert dur du plein été. En levant la tête, Marie s'exclame : on se croirait dans une salade ! Et Augustin qui ne rate jamais une occasion fait de grands bonds en lançant les bras de toutes ses forces vers le ciel. Miam, miam, c'est bon. Cela fait rire Jean, un instant. Marie court vers les anémones pour en cueillir quelques-unes. Les fleurs ont des tiges amarante, très fines et fragiles, les aisselles des feuilles les font ployer lorsqu'elles ne sont plus rattachées à la terre. Faire un bouquet d'anémones sauvages n'est pas chose aisée, toutes les petites fleurs blanches baissent la tête dans sa main. Marie se décourage un peu. Finit par les jeter. Je lui dis que c'est triste de les laisser, il vaut mieux qu'elle les garde, on les mettra dans un verre d'eau et elles redresseront peut-être la tête. Elle les rassemble à nouveau. Et nous continuons notre chemin.

Un peu plus loin, à un kilomètre, nous arrivons aux étangs. Des bancs faits d'une grossière planche posée sur deux rondins de bois ont été aménagés. Les enfants sont fatigués et s'asseyent en regardant l'eau. Augustin se rappelle la maison en ruine, but de la promenade qu'il n'a pas oublié. Où est-elle déjà ? A la lisière du bois, lorsqu'on arrive près d'un ancien mur d'enceinte d'une propriété aujourd'hui disparue, deux pilastres de granit surmontés chacun d'une grosse boule de pierre en attestent l'existence, insolite ouverture sur une pâture, qu'on trouve en marchant dans la campagne. On y va, on y va, demande Marie. Patrick fait des ricochets. Il n'a pas beaucoup plu récemment et le niveau des étangs est bas. Les enfants l'entourent et tentent leur chance avec les rares galets qu'ils ont pu trouver. J'ai peur qu'ils glissent. Les pierres tombent dans l'eau. Ils trépignent en voyant leurs munitions diminuer et leurs réussites se faire rares. Je leur propose de prendre le goûter là. Presque tous les biscuits partiront pour les poissons. Tout le monde mâche en méditant sur l'invisibilité de ces poissons. Quel dommage, ils ne sont pas très malins. Après ce constat définitif, on se décide à continuer jusqu'à la maison en ruine. J'ai l'impression que Jean et Marie sont contents.

Elle apparaît subitement, dans un tournant du sentier de promenade. Je comprends pourquoi Augustin s'en souvenait si bien. Elle frappe le regard. Sans doute parce qu'elle surprend, qu'on la découvre d'un coup, après avoir dépassé un massif de sapins et de noisetiers. C'est une maison toute simple, composée de deux corps de bâtiments contigus. Le toit est pratiquement tombé sur toute la longueur et laisse apparaître le mur de refend. Une partie du pignon s'est écroulée. Des arbres ont poussé et des branches sortent d'une fenêtre qui perce le pignon encore debout. Curieusement, une autre fenêtre a été murée, relativement récemment puisque le rebouchage a consisté à monter des parpaings. Pourquoi cette fenêtre murée alors que tout le reste est au vent, ouverture de la porte sans plus aucune trace de gonds ou de bois de chambranle, percements à l'étage qui menacent de faire ébouler la façade?

On dirait notre maison. C'est Jean qui a prononcé la phrase. Calmement, sur le ton du constat. Personne pour le contredire. On regarde la ruine en silence. On est pétrifiés par la vérité de la phrase. On la lit sur les pierres moussues, sur tout ce qui dessine cette maison. Marie demande alors de rentrer. Elle tient toujours en main son bouquet d'anémones.

Sur le chemin du retour, nous parlons peu. Augustin et Marie sont fatigués et demandent qu'on les porte. Patrick hisse notre fils sur les épaules et je fais de même avec Marie, petit elfe, charmante et légère. On se hâte. On retrouve la voiture. Il y a à présent un autre véhicule qui s'est garé à côté. Une petite voiture grise toute crottée. Nous n'avons pourtant croisé personne. Une fois que tout le monde est assis, Marie dit : je veux aller mettre mon bouquet sur la tombe de maman.

Sur la tombe de maman. Marie n'a pas encore quatre ans et elle prononce ces mots, qu'elle comprend parfaitement. Il y a un lieu, quelque part, à la sortie du village, pas loin de l'église, où on enterre les morts. On appelle cela des tombes. L'une d'entre elles est celle de sa maman. Elle veut y déposer les fleurs qu'elle a cueillies. Les a-t-elle cueillies pour elle ? Nous roulons jusqu'au parking devant la grille du cimetière. De la voiture, on aperçoit des silhouettes qui se déplacent dans les allées. Nous n'y sommes pas retournés depuis que Patrick et moi avions été nous recueillir à son retour de voyage, la dalle n'était pas encore posée. Elle l'est certainement, à présent. En nous approchant des deux tombes, nous croisons des connaissances du village que nous saluons brièvement. Ils sourient tristement à Jean et Marie. Les anémones qu'elle tient contre elle sont abîmées par la chaleur de sa main et la force qu'elle met à ne pas les lâcher. Devant les deux dalles de marbre noir, elles sont là. Irma et Elisabeth. Elles ne s'attendent pas à nous voir. Et nous sommes surpris, nous aussi. La situation me cause un vif déplaisir. Irma s'efforce de sourire. La promenade s'est bien passée ? Elle a en main des feuilles fanées qu'elle vient de retirer d'un pot d'azalées posé sur la tombe. Je regarde la tombe et vois l'inscription gravée et dorée en lettres capitales romaines, très sobres, les noms et les dates. C'est la première fois que je vois cette inscription. L'émotion doit se lire sur mon visage. Elisabeth dit à mon intention : le marbrier a posé la dalle il y a plus d'un mois. C'est la première fois que vous la voyez ? Oui. Ah, vous ne venez pas souvent... Que répondre ? Patrick intervient : pourquoi viendrions-nous souvent ? Ils ne sont pas ici. Ils ne sont plus là. Irma est piquée au vif. Vous exagérez tout de même, la mémoire et le respect des sépultures, ça existe... Et qui a dit que je ne respecte pas leur mémoire ? Je tremble de tout mon corps. J'ai envie de dire quelque chose, mais les mots ne viennent pas, une sorte de grand blanc envahit ma

bouche et ma poitrine. Je voudrais réduire par des paroles la violence qui vient d'elles deux, mais je n'ai
que ce grand vide, je ne trouve pas les mots et pourtant, quelle révolte, quelle colère en moi. J'articule
seulement : écoutez, écoutez... S'il vous plaît, reprend
Irma, ayez un peu de décence, en ce lieu, devant
eux ! Je crois qu'elle parle des enfants, mais elle dé-
signe la tombe. Patrick explose alors : mais puisqu'ils
ne sont pas là, arrêtez votre sinistre chantage ! Pensez
plutôt à Jean et à Marie ! Oh, vous, vous n'avez aucune
leçon à donner, vous n'avez même pas eu la politesse
de venir à leur enterrement, ça, je ne l'oublierai jamais !
Depuis ce jour, je sais quoi penser de vous. Elisabeth,
gênée, conseille tout bas : s'il te plaît, s'il te plaît, ne nous
donnons pas en spectacle, viens... Dans l'allée voisine,
un couple a en effet ralenti à notre hauteur, caché par
des croix élevées sur les caveaux. Le bruit des gravil-
lons a cessé puis reprend, rapide et sec, après que je
les ai aperçus.

Jean et Marie nous observent. Marie tient toujours
son bouquet d'anémones contre son cœur. Je pense
que ce serait un geste apaisant que de lui faire poser
les fleurs sur la tombe à présent. Je le lui chuchote à
l'oreille. Elle s'avance et lâche le petit amas végétal un
peu informe. Les pétales blancs se découpent sur le
noir du marbre, striés par les fines tiges vertes et
rouges en désordre, et je me dis que la composition

lui aurait plu, qu'elle aurait pu la peindre. Voyant la petite offrande de Marie, Irma pousse un cri de colère et me toise. Qu'est-ce que c'est que cette horreur ! C'est vous certainement qui avez eu cette idée saugrenue ! Vous n'êtes pas capable d'apporter des vraies fleurs, vous faites déposer ces débris ! Vous vous moquez ! Elle balaie alors les anémones qui tombent sur le gravillon de l'allée. Marie pleure. Elle les ramasse, les dépose à nouveau et moi-même je me suis mise à pleurer. Comment pouvez-vous, Irma ? Patrick s'est déjà avancé vers la sortie, au premier cri d'Irma. Il emmène Augustin. Je reste face à elles, je leur murmure : la douleur et le chagrin n'excusent pas tout. Nous aurions pu prendre Jean et Marie dans notre maison. Mais nous ne pouvons rien contre vous.

Marie ne pleure plus. Elle a soigneusement recomposé son bouquet à côté d'elle. Jean l'embrasse. Ils se sont assis sur la tombe. Le vent s'est levé. Je ne vois pas son visage caché par une mèche de cheveux que la brise rabat sur sa joue. Il tourne le regard vers moi au moment où je m'éloigne, c'est un regard d'adulte de huit ans qu'il me tend. Je n'y trouve presque pas de tristesse. Alors que la mienne est immense de m'éloigner, de les laisser là.

Je ne comprends pas. Je pensais que Patrick avait arrondi les angles, qu'il les avait vues et que petit à petit, les choses s'étaient arrangées. Pourquoi avoir accepté de nous les confier pour cette promenade ? Il est aussi surpris que moi. Il avait cru lui aussi. Elles s'étaient en effet inquiétées de ma santé, elles avaient su pour mon malaise à l'école, mais n'avaient pas donné d'explications pour les attitudes des institutrices. Elles avaient éludé. Patrick était allé voir la directrice, une mise au point avait été faite, elles en ont été d'accord. Elles acceptaient qu'on soit informés comme elles de la scolarité des enfants. C'était un premier pas selon Patrick. Oui, il y avait cru. Il avait eu un long entretien avec la directrice. Elle était plutôt satisfaite de la perspective pour Jean et Marie, qu'ils viennent habiter chez nous lui paraissait être une bonne chose. Jean est un garçon très mûr à ce qu'elle peut en juger. Elle sait que frère et sœur parlent beaucoup ensemble, se soutiennent énormément. La psychologue du CES les a vus et les suit régulièrement. Ils n'ont pas à proprement parler besoin d'une thérapie. Ils font des dessins, parlent et des choses se dénouent ainsi, peu à peu. Aucun symptôme alarmant en tout cas n'est apparu. La baisse des notes de Jean est tout à fait compréhensible et ne remet pas en cause son année. Au départ, Elisabeth était assez réticente à l'égard de ce suivi psychologique, mais nous avons réussi à la persuader du bien que cela faisait aux enfants. Le deuil est en train de se mettre en place, doucement. Dernièrement, Marie a fait un dessin où elle s'est représentée avec son frère, à côté d'un arbre, et elle a dessiné le ciel au-dessus d'eux, en traçant une ligne sur toute la largeur de la feuille et, au-dessus de la ligne, elle a représenté leur papa et maman. Elle a compris la séparation. Je ne sais pas si leur famille est croyante, pas pratiquante, je crois savoir, mais peut-être croyante, on a dû leur expliquer le ciel, le paradis. Lorsque la directrice a su le testament qui nous lie à eux, elle a dit qu'ils étaient prêts à quitter leur grand-mère et leur tante. Patrick a bien sûr décrit les difficultés à mettre en œuvre ce testament peu ordinaire. La directrice de l'école a tout de suite proposé son soutien. Bref les choses étaient bien engagées. Je me demande ce que représente l'arbre que Marie a dessiné.

On laisse passer un peu de temps encore. Mais nous n'y croyons plus à présent. On laisse couler le temps par désœuvrement, il n'arrangera rien, on le sait. On tente de ne pas s'avouer vaincus sur cette seule scène effroyable au cimetière. Qu'elle ne nous pousse pas vers le non que l'on pressent pourtant iné-vitable. Quand est-ce que cela a pris définitivement corps, ce refus que nous ne voulions pourtant pas ad-mettre ? Sans doute lorsqu'on a pensé qu'on pourrait malgré tout les voir, être un peu présents pour eux, faire d'autres promenades dans les bois, les aimer de loin, les laisser venir à la maison quand ils vou-draient, lorsqu'on a pu faire taire ce lancinant re-mords de n'avoir pas accompli le vœu de nos amis disparus, et qu'on a admis que ce n'était peut-être pas de notre faute, qu'ils ne nous en voudraient pas dans l'au-delà où ils sont maintenant.

Et le visage de Jean, au moment où il me regarde quitter le cimetière, les cheveux barrant ses joues, ne laissant apparaître pratiquement que les yeux, sous le vent.

Alain Faye

J'AI APPRIS LA NOUVELLE au bureau. Claudine m'a dit
d'une voix réticente : une amie qui n'a pas voulu dire
l'objet de son appel, je vous la passe ? Quel est son
nom ? Elle n'a pas précisé. Je vous la passe ? C'était
Laure. Elle s'excusait de me déranger au boulot, elle
était tombée sur le répondeur chez nous et elle préférait me le dire de vive voix, sans attendre. Voilà. Elle a
fait une pause. Et puis j'ai su. Un accident, un excès
de vitesse, un arbre percuté sur la nationale à la sortie
du village, de nuit, la voiture a fait des tonneaux dans
les champs et, pour finir, le moteur a pris feu. Ils
n'avaient aucune chance de s'en sortir. Aucune. Bêtement, j'ai dit merci. A plus tard, je te rappelle. Comme
s'il s'était agi d'une information comme une autre.
J'ai dit à Claudine que je ne prenais plus aucun appel.

Je me suis allumé une cigarette. Et je l'ai fumée lentement. Je me suis concentré sur le papier qui rougeoie et grésille à chaque bouffée. A quoi est-ce que je pouvais penser ? Qu'est-ce qu'ils faisaient là sur cette route et à cette heure ? Ils revenaient sans doute d'une soirée, d'un restaurant perdu dans un patelin de la région. C'était pratiquement son seul vice, la vitesse, les grosses cylindrées. Et il en est mort, c'est pas vrai. Je me suis répété la phrase toute la journée. Ils sont morts, c'est pas vrai. Quand est-ce que j'allais annoncer ça à Valérie ? En fait, j'ai d'abord rappelé Laure, pour m'excuser d'avoir été si sec au téléphone. Elle m'a dit qu'elle comprenait. Elle a ajouté qu'un article avait paru dans le quotidien local, avec une photo de la voiture. On a eu un silence. L'enterrement avait lieu le surlendemain.

J'ai quitté le bureau vers seize heures. Tout va bien Alain ? Oui, oui, tout va bien. Je ne serai pas là jeudi. Vous pouvez annuler tous mes rendez-vous ? Même monsieur Maletrez ? Tous. C'est la deuxième fois qu'on l'annule... Eh bien vous lui direz que j'ai un problème familial. Il ne vous est rien arrivé de grave, au moins ? Non, Claudine. Ça va. Deux amis, ceux qui font partie du décompte des doigts de la main, deux amis sont morts et je réponds que ça va bien, que rien de grave ne m'est arrivé. Je me demande parfois qui je suis au travail, qui je suis devenu. On ne s'était pas beaucoup vus récemment. Ils sont dans leur lointaine province, il y a eu mon séjour aux Etats-Unis, nous ne sommes plus allés dans leur maison depuis plus de deux ans. C'est eux qui sont venus, sans les enfants, pour un week-end, de temps en temps. Elle aime la musique baroque, le dernier concert, c'était encore l'ensemble William Christies. Décevant cette fois, d'après elle. Moi, j'avais trouvé ça pas mal, mais je n'y connais rien.

Deux heures. Deux heures pour trouver un marchand de journaux qui a ce maudit canard. A chaque demande, j'ai eu droit à une réponse méprisante, le quoi ? l'écho de quoi ? Ah, non, non, monsieur, je n'ai pas ça. Je l'ai finalement obtenu chez un kiosquier originaire de la région, heureux d'en vendre un. Vous êtes de là-bas ? m'a-t-il fait. Non.

Il y a une double page faits divers. Et en recto, une photo occupe la moitié de la feuille. C'est leur grosse berline coupée, du moins ce qu'il en reste. Un amas de tôles à moitié calciné, on reconnaît la calandre Peugeot, la forme du phare avant gauche. Tragique accident de voiture à l'entrée de V. Les passagers sont certainement morts sur le coup en raison de la violence du choc. Le conducteur, le docteur M., médecin de la localité, ainsi que son épouse laissent deux enfants de quatre et huit ans. Le style journalistique a de ces élégances. Ils laissent deux enfants. Comme on laisserait deux valises sur un quai de gare. Le train est parti. Ils sont là, oubliés.

En rentrant à la maison, Valérie n'était pas là. Je ne l'ai pas appelée de la journée. J'ai lu le journal. Quelques nouvelles nationales connues dans les deux premières pages, puis des histoires d'aménagement du territoire, de construction de nouvelles écoles, des brocantes, des vide-greniers, des foires agricoles, des rencontres sportives, un match au sommet entre les volleyeuses du Racing Club des Cadettes et L'Entente sportive de B. et, au milieu de tous ces événements lointains, la photo de leur voiture, leur mort à tous les deux. Broyés et brûlés. L'idée est intolérable, et elle obsède pourtant. J'ai pleuré, comme un gosse. Tout seul, sur mes genoux. Valérie est rentrée tard. J'étais toujours sur le canapé du salon à regarder dans le vide. J'avais arrêté de pleurer. Et je crois bien que j'avais fumé un paquet de Marlboro. Alain ? Quand elle s'est assise à côté de moi, je me suis enfoui dans ses bras et je me suis remis à pleurer. Je n'ai jamais fait cela depuis que nous sommes ensemble. Elle s'est reculée, affolée, Alain ? Alain ? Je me suis contenté de tendre la main vers le journal ouvert à côté. Et elle a regardé sans voir tout de suite. Puis lorsqu'elle a vu, elle a saisi le papier et, en quelques secondes, son visage s'est inondé de larmes. Nous nous sommes serrés longtemps.

Le lendemain, Valérie m'a demandé de passer la journée avec elle. Sa petite mine grise m'a fait pitié, j'ai failli céder. Dans son peignoir en éponge blanc, elle avait l'air si. Derrière elle, le ciel qui se découpe dans la porte-fenêtre de la cuisine, bleu métal et gris, changeant et pâle sur les toits d'immeubles. Je ne peux pas, Valérie, tu le sais. Demain, il y a l'enterrement, j'ai annulé tous mes rendez-vous. Mais tu ne peux pas prendre deux jours ? Ce n'est pas terrible deux jours, quand même. Tu ne prends jamais de vacances. Jamais. J'aimerais tellement qu'on prenne quelques jours pour nous. Je sais ce que veulent dire ces phrases. C'est l'habituel prélude aux reproches. Je vais dans la salle de bains mettre ma cravate. Elle m'accompagne jusqu'à la porte, toujours en peignoir. Elle s'appuie contre le chambranle. L'ascenseur s'annonce avec le petit tintement qu'on n'entend plus, à force. Je lui fais un petit signe. Elle ferme la porte. Je commence ma descente. Je ferme les yeux.

Jean et Marie. Je les imagine. Ou non, je voudrais les imaginer, je voudrais savoir ce qui leur arrive, à part cette chose terrible et innommable, que font-ils, qui s'occupe d'eux ? La grand-mère qui habite le village, sans doute. J'ai dû la voir à leur mariage, et encore, je ne me la rappelle pratiquement pas. Très bourgeoise de province. Chapeau et tailleur. Valérie est attachée aux enfants. Elle leur envoie toujours une carte postale à leur anniversaire. Quand est-ce, déjà ? Je ne me souviens jamais des dates d'anniversaire. Même pour la mienne, parfois, j'hésite quand je dois remplir un formulaire. Les cadeaux qu'elle leur offre me semblent souvent excessifs. Des choses toujours chères et dont ils ne perçoivent pas la valeur, qui doivent finir cabossées comme tous les jouets d'enfant. Jean et Marie. Chaque fois qu'on les voit, ils ont poussé de dix centimètres ou presque. Et le temps qui passe semble faire devant nous un brusque saut à leur sourire. Les voilà orphelins. Est-ce que ce mot a un autre sens que celui qu'on donne aux personnages des romans de Dickens ou d'Hector Malot ? Cela ne sonne pas vrai : Jean et Marie orphelins. Dans le métro, pour une fois, je regarde avec attention les visages de ceux qui sont là, avec moi, à la même heure, pour la même chose, se rendre dans un bureau ou un magasin, derrière un guichet de banque, j'abandonne mon journal, ces visages me sautent aux yeux : ils sont vivants, leurs manteaux, enfilés à la hâte dans un couloir d'appartement, leurs joues rasées il y a peut-être moins de dix minutes, les cheveux des femmes, lavés et séchés vers l'avant, comme le fait Valérie, en penchant la tête pour donner du volume, les habits, choisis longuement ou mis sans réfléchir, pris dans une commode, sans y penser, un reste de goût de café dans la gorge, un parfum sur les lèvres, ils sont ce qu'ils ne seront plus, eux, mes amis qu'on s'apprête à enterrer demain, et c'est dérisoire de penser qu'il n'y a aucune injustice entre tous ces gens inconnus, tous ceux-là vivants, et, eux, morts.

Valérie a appelé plusieurs fois au bureau. Pour rien. Elle a eu des précisions sur le train qu'on devra prendre pour être à l'heure de l'office, la levée des corps a lieu à leur maison, puis le cortège se dirigera vers l'église, on peut y aller directement si l'on veut, la messe commence à quinze heures. Elle a rappelé pour demander comment j'allais. Je vais bien, je vais bien. Je n'arrête pas de dire à tout le monde que je vais bien. J'ai fini par avouer à Claudine que des amis étaient morts dans un accident de voiture. J'ai aussitôt regretté en voyant ses yeux s'agrandir, ne sachant dire qu'un "je suis désolée". Mais non, mais non, il n'y a pas de quoi, Claudine. Elle me plaint. Comme c'est triste... Je coupe court. Je n'ai téléphoné à personne, ni à Frédéric, ni à Anne et Patrick, ni à Philippe. J'imagine qu'on se verra tous demain. Que dire, sinon? Valérie trouve que je suis dur. La journée passe comme les autres, des réunions où je joue le berger de service qui ramène les brebis dans le troupeau de l'efficacité, en deux mots, oui, en deux mots, à présent, il faut avancer, montrez-nous le tableau, cela suffira. Tout cela est d'un inintérêt profond. Mais il faut faire du

chiffre, justifier un salaire et l'admiration de sa mère.
Mon fils a réussi. C'est l'image qu'on a de moi. Celui
qui a réussi. Qui s'est acheté un grand loft clair dans
un quartier agréable, dont la femme ne travaille pas,
passe ses vacances loin et cher, mais pas longtemps,
une semaine en hiver, deux en été, ceci justifie cela. Et
les amis, ceux que je vais sans doute retrouver demain, ne sont pas dupes. Ceux-là, ces quelques-uns
seulement, savent. Je les vois peu. Mais cela suffit
qu'ils existent, et, puis tout à coup, deux s'en vont. Et,
égoïstement, je me dis que c'est un peu de moi qui
s'en va, mes illusions d'étudiant, la jeunesse qu'on
avait et qu'on a gardée comme on a pu, que je retrou-
vais en les revoyant ou en les appelant, par une
blague vieille comme la lune, des allusions, un air de
quelque chose qui, croit-on, ne s'enfuit pas. Je soupire
en regardant le paysage filer et dans le reflet de la
vitre je vois Valérie, belle dans son chandail noir. Il
fait froid dans ces trains climatisés, me dit-elle. Elle se
blottit. On attend. On essaye de ne pas trop penser à
ce qui nous attend.

A la gare, nous avons eu du mal à trouver un taxi.
Valérie voulait prendre un bus qui partait devant la
station de taxis vide. J'ai insisté pour prendre le taxi.
Le bus est parti, nous avons encore attendu. Tu vois,
on aurait dû prendre le bus. On ne pourra pas être là
pour la levée des corps. Je n'ai pas envie de lui répondre, de discuter. Un autre couple attendait. En

nous entendant, ils se sont présentés. Nous nous rendons aussi à V. pour l'enterrement. Nous nous sommes finalement retrouvés serrés sur une banquette arrière, à ne savoir que se dire, à travers des routes inconnues, puis des paysages plus familiers, des corps de fermes qu'on reconnaît dans les champs, et la nationale qui entre dans le village. Plus aucune trace de rien. Où est l'arbre de la photo, où est le fossé ?

Le taxi nous a déposés devant le parvis de l'église. Je suis surpris par la foule amassée qui attend le cortège funèbre. On se faufile. J'essaye de repérer des visages connus et n'en trouve pas. Seulement des gens d'ici sans doute, les patients, tous ceux qui ont été à ses consultations, qui pour une grippe, qui pour une sciatique, qui pour une dépression, ils lui ont tout dit de leurs maux, de leurs craintes, ils ont eu peur de mourir. Et maintenant, c'est lui qui se fait attendre. Valérie a pris ma main. Deux voitures noires arrivent au pas. Deux voitures. Cela surprend aussi. Suivies des parents et de Jean qui tient la main de Marie. Puis je reconnais Anne, un peu en retrait, perdue parmi d'autres membres de la famille, Patrick n'est pas là. Laure et Philippe marchent un peu plus loin, sur le côté. Les voitures manœuvrent, se mettent côte à côte, les croquemorts sortent et hissent les cercueils sur leurs épaules. Et il y a ce bruit terrible, ce choc sourd lorsqu'ils ont légèrement incliné le cercueil, venu de l'intérieur, ce bruit est impensable, insupportable, je ne soupçonnais même pas qu'un tel bruit puisse exister. Valérie a poussé un petit cri. Elle m'avait dit qu'elle ferait tout pour pleurer le moins possible. Elle retient ses larmes, je sens toute la tension de son effort, elle n'a pas pu empêcher ce petit cri de sortir. Nous suivons le mouvement vers l'intérieur de l'église. Viennent alors les phrases incompréhensibles : notre souffrance est grande, et nous en arrivons à douter, pourtant Dieu dans sa bonté infinie, le Christ en croix, nous dit : je vous comprends et c'est pour cela que mon père m'a envoyé auprès de vous, pour souffrir ce que souffrent les hommes, pour participer au mystère de l'existence. Ils sont certainement auprès de toi, Seigneur, et nous leur confions nos prières, qu'ils intercèdent auprès de toi, pour que nous soyons meilleurs, ici sur terre, pour que nos peines prennent un sens. Que sait-il, ce prêtre, de la souffrance, de la douleur pour des parents de perdre un enfant, pour des enfants de perdre leur maman ? C'est cela, la bonté infinie de Dieu ? Ces deux êtres innocents brusquement privés de leurs parents, de cet amour irremplaçable ? La messe a été un cauchemar. J'ai failli sortir à plusieurs reprises.

Embrassades, larmes essuyées à la hâte. Les choses après se précipitent, je marche et fais des gestes comme un automate. Valérie a longuement enlacé les enfants à la sortie de la messe. On les a habillés de noir, tous les deux. Marie comprend à peine ce qui se passe, elle est un peu hagarde, Jean reste grave, ne pleure pas. Curieusement, il ne verse aucune larme, rien. Nous saluons quelques amis, de loin, je n'en ai pas vu certains depuis longtemps, mais c'est comme si cela ne comptait pas, un an, deux ans, c'est dérisoire face à l'éternité qui nous sépare de ceux-là qu'on va porter en terre, on aurait des scrupules à être démonstratifs. Je voudrais déjà partir, mais Valérie veut se rendre au cimetière. Je l'accompagne, avec les autres, mais je ne franchis pas le portail. Je m'appuie contre le mur. Et je m'allume une cigarette. J'ai un peu honte, mais je crois qu'ils m'auraient compris. Elle, je sais que cela l'aurait fait rire, le type qui fume sa cigarette contre le mur du cimetière où l'on enterre ses amis. Ça me servirait à quoi de suivre le calvaire jusqu'au bout ? Je ne veux pas voir les enfants face au trou qu'on aura creusé. Je ne veux pas. Comment peuvent-ils tous les autres ? Je refuse. Valérie dirait que c'est parce que je manque de courage, suivrait le couplet habituel : en général, les hommes manquent de courage, c'est connu, ils seraient incapables de mettre au monde un enfant, a-t-on déjà vu une femme s'évanouir, si ce n'est de douleur, à la vue de l'accouchement de son enfant, et combien de pères

qui tournent de l'œil, asseyez-vous monsieur, asseyez-vous, vous êtes très pâle.

Je ne peux vraiment pas. Je marche un peu parce
que ce serait bête qu'on me trouve là. Je retourne
dans l'église. Vide, c'est beaucoup plus supportable.
Elle est plutôt belle, du faux roman assez bien rendu,
très claire, les pierres ont une agréable blondeur, les
vitraux sont modernes, peut-être des bombarde-
ments de la Seconde Guerre mondiale, un chemin de
croix, des bas-reliefs en bois sculpté, contemporains.
J'entends des bruits de conversations qui augmen-
tent, des claquements de portières de voiture, des mo-
teurs qui démarrent. Valérie va certainement me
chercher. J'entends un pas derrière moi, je me retourne, m'attendant à la voir s'approcher. Mais c'est
le grand-père. Il s'appelle Robert, je crois. Je ne peux
pas l'éviter. On se sourit faiblement. Il s'assied sur
une chaise du bord de l'allée. Se passe les mains sur le
visage. Est-ce que je pouvais penser qu'un jour il
m'arriverait ça ? Ma fille unique. Ma fille, là-bas,
maintenant. Ça fera la deuxième fois que je vais
conduire au cimetière un être que j'aime plus que
tout. Ma femme il y a quatre ans. Ma fille aujourd'hui.
Il sanglote dans ses mains grandes ouvertes contre
son visage. Je me suis assis à côté de lui. Je ne sais que
dire. Je le prends par l'épaule. Je ne suis pas habitué à
ce genre de familiarités mais le geste m'est venu naturellement. Tout cela n'a pas de sens. Mais on est là, on

est vivant, et c'est presque un devoir que de rester vivant dans ces conditions, une tâche qui suffit à elle seule. Vous allez réussir. Je ne sais pas où ils peuvent être à présent, mais s'ils sont encore quelque part, qui sait, ils doivent avoir de la peine de constater notre propre peine. Et elle? Est-ce qu'elle me voit, là, son pauvre père? Pardon, je m'égare. Et je me mets à pleurer, moi aussi. On pleure tous les deux dans cette église vide, tournant le dos à l'autel et au chœur. Dans l'abside qui se trouve à côté, quelques bougies brûlent sur un tapis de pointes. Plus de piques que de flammes. Peu d'espoir. Il y a tellement peu d'espoir en nous. Nous avons vite ravalé nos sanglots. Nous avons parlé. Il est à la retraite depuis quelques années déjà. Avant, il surveillait les chantiers. Il était devenu contremaître, en gravissant tous les échelons, depuis simple manutentionnaire. Il avait dû travailler assez jeune, on sortait de la guerre, le père était mort en déportation, la mère avait dû s'occuper de cinq gosses, faisait des ménages, des travaux de couture. Tout cela a un côté très roman populaire, n'est-ce pas? Pourtant, c'était ça, notre vie. A vingt-cinq ans, j'étais devenu contremaître, j'avais tout appris sur le tas, lire les plans d'architecte, établir les calculs de contrainte des matériaux, tout, on me faisait confiance. Et puis, c'était les Golden Sixties, il y avait de l'argent partout, on construisait tous azimuts, j'ai rencontré ma femme, et je peux vous dire que j'étais fier de pouvoir lui assurer à elle et à ma fille une vie que je n'avais pas eue, moi. Mon pavillon, mon petit jardin, moi qui avais vécu toute mon enfance dans cinquante mètres carrés avec le matelas qu'on sortait tous les soirs pour ma mère, c'était la réussite. Quand elle a voulu faire les Beaux-Arts, je n'étais pas vraiment pour, je dois l'avouer, on a même eu des discussions assez dures, au cours desquelles j'ai compris que notre pavillon et notre jardin, elle les trouvait un peu minables, je crois que c'est ça qui m'a fait le plus mal à l'époque, tous ces efforts, tout cet acharnement à construire quelque chose de bien pour elle et sa mère et qu'elle était venue à mépriser, c'était très dur à encaisser, mais bon, elle n'a pas fini les Beaux-Arts, elle est tombée amoureuse, et puis voilà, elle s'est installée ici. Et vous ? Vous avez réussi, à ce qu'on m'a dit ? J'ai eu un geste un peu vague. Je n'avais pas tellement envie d'en parler. Moi aussi, j'étais passé par cette période où l'on étouffe dans un pavillon trop bien rangé, avec une mère soucieuse de son intérieur. Je ne sais pas pourquoi me revient soudain l'image de ma mère dans un pantalon en strech bleu azur, et la marque Karting d'un magasin, la photo d'une femme grandeur nature, sur carton fort détouré et qui penche un peu vers l'arrière, elle sourit, coiffée à la Mireille Darc. Pourquoi cette image me revient-elle ? Pourquoi est-ce que je pense à elle soudain ? Peut-être à cause de la difficulté à construire sa vie, et parce qu'on est presque au bord d'une tombe.

Valérie est alors arrivée en courant. Alain, je te cherche partout! Elle a crié, puis entendant sa voix résonner dans l'église, a répété la phrase tout bas, impérieuse: Alain, je te cherche partout!

Je parlais avec Robert.

Robert se lève. Elle le regarde avec une curiosité naïve et tendre, puis ajoute: on va rater notre train. Tu as embrassé les enfants?

En partant, j'ai machinalement tendu ma carte à Robert. On s'est promis de se téléphoner.

Pourquoi n'es-tu pas venu au cimetière? Vous, les hommes, vous avez le don de fuir. Anne était très triste que Patrick ne soit pas là. Tu sais, j'aurais aimé que tu sois près de moi. Les enfants ont jeté une rose, et puis tout le monde à la suite. C'était terrible. Comme je ne répondais rien, elle s'est tue aussi. Elle a pris un livre, un roman à la couverture toute blanche, avec un bandeau bleu roi qui glissait sans arrêt, qu'elle a finalement jeté dans la petite poubelle sous la tablette. Je crois qu'il y avait une phrase écrite sur ce bandeau, j'ai vu passer le mot "échelon". Des forêts, des bouts de village, des étangs abandonnés, des routes bordées d'arbres. Il fait beau. Valérie, tu arrives à lire? Je ne lis pas, mais comme tu n'as rien à me dire... Tu es encore fâchée pour l'histoire de l'église ? Non, même pas. Je suis triste.

Le lendemain, pour la première fois, j'ai détesté l'idée d'aller au travail. Je sais l'inutilité de ce que je fais, l'aspect terrifiant même de ces entreprises broyeuses d'hommes, mais le mécanisme des choses à penser, à faire, le déroulement des opérations depuis les prises de décision, le constat de leur mise en place progressive, tout cela me procure une réelle satisfaction mentale, sans objet, plaisir purement formel. Et les journées passent, aisément, sans que pèse l'idée même du travail. Pour la première fois, le programme de la journée que Claudine m'a apporté m'a semblé vain. J'ai mis cela sur le compte du chagrin, de la perte, mais quelque chose d'autre, de souterrain, vient s'y glisser. Jusqu'au soir, cette mauvaise humeur a jeté un voile sur tout. Je ne suis pas rentré tôt. J'ai traîné. J'ai appelé Valérie pour lui dire qu'elle ne m'attende pas. Comme elle ne pose pas de question, je n'ai pas à mentir. Je suis resté seul dans le bureau. J'ai regardé deux dossiers. Puis la nuit est tombée. Je n'ai allumé aucune lampe et je suis resté dans la pénombre, comme un spectre. A attendre. Je n'avais pas envie de rentrer. Valérie a appelé, inquiète. Ça va, ça va. Oui, j'arrive. J'ai pris un taxi, enfoncé dans la banquette, j'avais un peu froid. J'ai regardé défiler les lumières de la ville, les ombres de couples ou de gens seuls qui reviennent du spectacle ou du cinéma, j'aurais pu rouler comme ça indéfiniment, toute la nuit, j'ai été sur le point, à l'approche de notre immeuble, de demander au taxi de ne pas s'arrêter, de continuer de rouler, au hasard. Mais je suis sorti du véhicule, j'ai laissé le billet sans attendre la monnaie. Arrivé sur le seuil de l'appartement, j'ai été pris de spasmes, je n'avais rien dans l'estomac, j'ai été vomir une bile claire. Valérie a voulu appeler un médecin. Elle a presque souri lorsque je lui ai dit tout va bien, ça ira comme ça. Avec toi, tout va toujours bien, Alain, tu es blanc comme un linge. Elle m'a mis au lit avec une tisane. Je lui ai demandé pardon. Pardon de quoi ?

Les choses ont ensuite repris leur cours. Je suis parti trois jours à Singapour. Un échec. Le rachat s'annonce plus difficile que prévu. Dans l'avion, l'équipe est morose. Le voyage m'a fait du bien malgré tout. On survole des plages de sable presque rouge, qui bordent une intense verdure émeraude, parsemée de toits en paille ou en tôle rouillée qui rappelle le rouge de la plage. La mer est d'un bleu presque noir. L'odeur florale de l'aéroport, les cascades d'eau dans les puits de lumière, la débauche d'orchidées, la propreté presque clinique partout, le granit rose poli, tout cet artifice se perd dans l'obscurité de la mer d'encre et pourtant lumineuse. On voudrait se perdre aussi. Et puis, non, on ne se perd pas. La mer qu'on survole me fait soudain penser à un point du contrat. Je sais qu'on le tient, M. Shan. Il faudra envoyer un mail dès que j'en aurai parlé avec Alex.

J'ai acheté un collier de perles à Valérie. Je ne sais même pas si elle va apprécier. Elle n'aime guère les cadeaux de voyage. Je ne sais pas pourquoi j'ai acheté ce collier. Un orient incomparable, monsieur, un très beau choix, madame sera très heureuse. Je ne sais pas si madame sera très heureuse, j'ignore même si madame est heureuse tout court. Probablement que non, du moins, dans le fond, c'est ce que je me dis. Elle se plaint souvent de son inutilité, à quoi sert-elle? Elle voudrait reprendre des études, et puis non, elle n'a plus l'âge, elle voulait participer comme bénévole à une association, elle a essayé et est revenue déçue, quelque chose la gêne dans les rapports entre les gens, cette sorte de camaraderie forcée, ce tutoiement immédiat, cette entente tacite: nous essayons de faire du bien aux autres, elle a du mal, et je la comprends. Mais son complexe de pauvre petite fille riche a toujours déplu autour de moi. Même eux, je crois qu'elle les agaçait un peu. Lorsqu'il lui arrivait de se plaindre, elle lui répondait toujours, qu'il fallait se trouver une passion, une envie plus forte que les autres, et bien sûr, elle, elle pensait à la peinture, aux toiles qu'elle peignait dans le secret de son petit atelier, ignorée des autres peintres, des galeries à la mode, ne sachant sans doute pas si un jour ses peintures seraient montrées, connues ou reconnues, elle s'en fichait. Mais on ne se trouve pas de passion ainsi, la passion vous tombe dessus, et on n'en tire même aucun mérite. Valérie n'a aucune passion, aucune ambition. Aucune vocation, voilà le mot. Lui, il avait une vocation, cette médecine ordinaire, sans prestige, loin des grands congrès, des avancées thérapeutiques, des prix Nobel, celle des grippes et des petites misères. Valérie et moi, on se comprend au moins sur ce terrain-là. Je n'ai pas de vocation, moi non plus. J'ai simplement fait des études, et j'ai décidé de m'en servir ensuite pour gagner de l'argent. S'il faut vivre, autant que ce soit bien, confortablement. Madame n'est donc sans doute pas heureuse dans le fond. Et moi non plus. Et quelle importance ?

Elle m'attendait dans le hall. Elle ne vient pratiquement jamais me chercher à l'aéroport. Je me suis tout de suite demandé pourquoi. Elle se renseigne rarement sur mon heure d'arrivée. Je rentre, voilà tout. Et là, elle m'attend. Elle me sourit doucement. Je me dis soudain que c'est le moment de lui offrir ces perles, je sors la boîte plate de ma veste, je la lui tends en me mordant les lèvres. Je sais que tu n'aimes pas cela, les cadeaux de voyage. Elles sont très belles, Alain. Merci. Elle a refermé le boîtier. Des gens nous regardent en passant. Comment ça va, Valérie ? Comme ça. Pourquoi es-tu venue me chercher à l'aéroport ? Pourquoi pas ? Ce n'est pas ton habitude. Justement, ce n'est pas mon habitude. Tu es venue en voiture ? Oui, d'ailleurs, on va au parking et il faut que je paie à la machine là-bas. Dans le sous-sol, je la suis comme un petit chien. Je la trouve plutôt en forme. Bien qu'elle ait l'air de me cacher quelque chose. C'est elle qui conduit. Elle passe les vitesses un peu brusquement. Le temps est gris, la banlieue aussi, les immeubles qui longent l'autoroute sont toujours aussi déprimants. Fenêtres identiques, ouvertes parfois sur les bruits et la laideur des voies rapides, des rideaux un peu ouvragés décorent certaines, des vélos attendent sur des balcons à côté de seaux en plastique. Je détourne le regard. La radio diffuse les informations du pays que je viens de quitter trois jours seulement. Et c'est comme si c'était moi l'étranger. Je ne me sens pas vraiment chez moi. Il suffit que je parte à l'autre bout du monde et chaque fois j'ai l'impression de ne plus être d'aucun pays. Et puis, ça revient, petit à petit. Les nouvelles qu'on entend à heure fixe, qui évoluent, ondulent, au fil des jours, pour disparaître, me rappellent que j'habite ici, que je travaille ici, que je suis dans ces frontières-là, avec tous ces gens. Valérie change de chaîne. On tombe sur un vieux succès, qu'elle fredonne aussitôt. "Par hasard, elle aime mon incertitude. Par hasard, j'aime sa solitude." Elle éteint après cette phrase. Elle me regarde.

Il faut que je te dise : nous sommes convoqués chez le notaire, avec Jean et Marie et leurs grands-parents pour la lecture d'un testament holographe. J'ai déjà prévenu Claudine. Elle a arrangé ton emploi du temps.

Tu te permets d'arranger mon emploi du temps en mon absence, sans rien me dire ? Tu pouvais quand même m'appeler à Singapour, je suis joignable, que je sache.

C'est tout ce que tu trouves à répondre ? Je t'annonce une nouvelle importante, et c'est tout ce qui te vient à l'esprit ? On a raison de dire que dans le fond tu es un arriviste, un ambitieux prêt à tout pour ta réussite de merde. Elle fouille de sa main droite dans son sac à main posé à mes pieds. Elle prend vaille que vaille l'étui. Tu sais ce que j'en fais de ton cadeau ? Je le jette. Ça fera peut-être le bonheur d'un pauvre banlieusard qui passe.

J'essaye de l'en empêcher. Elle s'accroche, ne maîtrise plus très bien le volant, je sens l'accident se profiler. Je lui crie d'arrêter. Elle fait valser l'étui à l'arrière de la voiture. Nous ne nous dirons plus rien de tout le trajet et jusqu'à la fin de la soirée. Elle partira chez une copine. Et je resterai devant la télévision à regarder des émissions de variétés minables. Tout le monde crie et applaudit, les caméras tournent et plongent sur le public. Les gens se lèvent, font des *standing ovations* pour des artistes médiocres, identiques à d'autres déjà vus ailleurs. J'ai honte de mon inertie devant tant de bêtise. Mais je reste là, incapable de faire quoi que ce soit d'autre. J'irai me coucher, la tête vide, mécontent, et je ne l'entendrai pas rentrer.

Je ne sais pas de quand date cette fêlure entre Valérie et moi. Je ne sais même pas si le terme convient. Car si, moi, chaque fois je crois à la fin de notre relation, Valérie, elle, vit ces disputes et ses coups de colère comme des événements normaux pour un couple. Le lendemain, elle me sert un café comme si de rien n'était. Et coupe court à toute discussion par un "n'en parlons plus, j'ai dit ce que j'avais à dire, ça va". Et je reste avec mes craintes. Elle se déplace dans la cuisine, sort les tartines du grille-pain, apporte un pot de miel, toujours en peignoir, blanche, désirable, énigmatique. Son mystère reste entier, après toutes ces années. L'aimer encore ou pas n'a plus de sens au regard de ce lien.

Elle ne me dit rien de ce rendez-vous chez le notaire. Elle prendra son temps. Choisira le moment où elle saura que je ne serai plus taraudé par mes questions sur elle. Et je commencerai par dire que je regrette. Les négociations ont été difficiles, j'étais sous le coup de ma mauvaise humeur, mais c'était stupide. Et le collier, je savais que cela ne te plairait pas. Je n'aurais pas dû.

Nous avons repris le même train. C'est la première fois que nous retournons là-bas à si peu de temps d'intervalle. Et ils ne sont plus là, seulement leur fantôme qui doit flotter quelque part sur les chemins. Je repense au sermon du curé, si révoltant. Et soudain, j'imagine que c'est vrai. J'essaye de penser que c'est vrai, qu'on se retrouvera tous un jour, qu'eux deux seront là, qu'on les saluera, qu'on les embrassera comme avant, que rien n'aura changé d'eux, leurs sourires, leur voix. Et de cela, il découle évidemment que toutes ces personnes qui croient ne croient pas vraiment, qu'ils n'entendent pas ce qu'on leur dit, car sinon, s'ils croyaient vraiment à ce rêve de la résurrection, à ce que cela signifie véritablement, à la folie de ces propos, ils seraient fous eux-mêmes, la mort frapperait à leur porte, et ils continueraient de s'occuper de leur jardin ou de toute autre chose, sourire aux lèvres, puisque tout cela n'est rien, qu'on se retrouvera. Mais on ne se retrouvera pas. Ce sentiment me frappe soudain, terriblement. On ne se retrouvera pas. Jamais. Les larmes me serrent la gorge. Valérie prend ma main. Les mêmes paysages défilent. Et je les vois à peine. On ne sait pas pourquoi on se rend là-bas, chez un notaire de campagne où une lettre va nous être lue. On s'attend à des objets qu'ils auront voulu léguer à des amis. Mais pense-t-on vraiment à cela lorsqu'on est dans la fleur de l'âge ? Je sais intimement que ce ne sera pas aussi anecdotique. Valérie s'est endormie sur mon épaule et elle tient encore ma main. Je voudrais me lever pour marcher un peu, mais je n'ose pas.

Cette pièce a des allures de grotte. Le plafond bas, les meubles et le sol sombres. Nous avons retrouvé les autres, Anne et Patrick, Laure et Philippe et puis Frédéric et Gisèle. On se demande tous ce qu'on fait là. Il y a Robert aussi. On se salue amicalement. Je suis content de le revoir. Jean et Marie sont près de leur grand-mère et de leur tante, la fameuse Elisabeth. Je les trouve changés encore. Jean est grand, ce n'est plus vraiment un petit garçon, et elle n'est plus un bébé, c'est une belle petite fille. En les voyant, Valérie a eu un sanglot, qu'elle a vite étouffé dans son mouchoir. Après les habituels salamalecs de notaire, maître Thuillier a lu une lettre que j'ai écoutée, les mâchoires serrées. J'ai serré si fort que pendant quelques jours j'ai senti des courbatures dans les joues. Ils nous parlent, d'outre-tombe. Ils nous disent ce qu'ils veulent pour les enfants. Et c'est de nous qu'ils parlent aussi. Nous qui restons, nous avons soudain le devoir de nous occuper d'eux. De les élever comme nos propres enfants. Anne et Patrick d'abord, et puis nous, Laure et son mari, ensuite, et enfin Frédéric et Gisèle. Pourquoi nous, en deuxième lieu, plutôt que Laure et Philippe qui ont déjà des enfants ? Ils nous désignent comme leurs meilleurs amis, c'est un témoignage d'amitié posthume fait à toutes les personnes qui sont présentes. Je ne peux que serrer les dents. Pour ne rien laisser échapper, un cri, des gémissements. Comment avaient-ils pu prévoir une telle catastrophe ? Quelle intuition les avait poussés à écrire cette lettre testament ? Pensaient-ils vraiment que nous serions un jour rassemblés devant un notaire pour écouter leurs phrases rédigées un soir lorsque les enfants dormaient et qu'ils avaient peur qu'il ne leur arrive malheur. S'imaginaient-ils vraiment la réalité de leur disparition et notre survie ? Ou étaient-ils comme ces pratiquants de la messe qui écoutent distraitement des paroles folles ? Ils l'ont écrite, cette lettre, en devinant et en espérant que cela n'arrive jamais. Et puis voilà.

Nous avons échangé quelques mots avec Robert. Je lui dis ma confiance en Anne et Patrick. C'est bien, les enfants ne seront pas dépaysés, ils resteront dans le village, dans la même école, ils se voyaient souvent, c'est le mieux. C'est terrible, n'est-ce pas, de les entendre, non ? me fait-il soudain pendant que je parle. Je ne réponds rien. Je vous avais dit je crois que je vis dans le Sud maintenant. Passez me voir, avec votre épouse, si vous avez le temps, ça me ferait plaisir. Les arrière-saisons sont très agréables.

Après, il y a eu un pot dans un café du coin. Un peu consternant. Moi j'étais sous le choc, je n'ai pratiquement rien dit. En résumé, nous nous sommes tus ensemble. Et puis chacun est reparti, en sachant qu'Anne et Patrick donneraient certainement leur accord pour prendre Jean et Marie avec eux. Personne pourtant n'a osé leur poser la question frontalement. Un taxi est venu nous chercher devant le café, nous avons repris notre train. La bière m'est restée sur l'estomac.

Le soir où nous sommes rentrés chez nous, Valérie était très troublée par la lecture de cette lettre. Pour des raisons différentes des miennes. Elle a entrevu la possibilité que nous nous occupions de Marie et Jean, qu'ils deviennent pour ainsi dire nos enfants. Ne devrait-on pas les inviter à passer quelques jours ici ? Et si on leur proposait de faire un voyage avec nous ? Je tente de freiner ses élans. Ces enfants vont aller vivre avec Anne, Patrick et leur fils Augustin. Ce n'est pas le moment d'avoir pour eux des gestes que nous n'avons pas eus jusqu'ici. Anne est une fille formidable, ils seront heureux. Je ne sais si c'est cette phrase ou une autre qui l'a blessée, mais elle s'est mise à pleurer. Alors c'était ça, je pensais qu'elle n'était pas capable de s'occuper de ces enfants, de les aimer et de les rendre heureux. Ce mépris était pire que tous les autres. Le mépris de la femme entretenue qui occupe son temps comme elle peut, le mépris pour quelqu'un qui n'a pas fait les mêmes brillantes études que son mari, tout ça, ça passe, elle accepte, parce que, dans le fond, c'est peut-être vrai, mais la soupçonner de ne pas pouvoir prendre en charge Marie et Jean, là, c'est trop.

En l'entendant me prêter toutes ces pensées plus viles les unes que les autres, j'ai vu se décomposer notre image à tous les deux, ce couple que nous sommes censés former, elle et moi, devenait ce petit tas de mots méchants et cruels. J'ai commencé ce soir-là à lui en vouloir. De ces mots, d'abord, mais aussi d'autres reproches indéfinissables qui montaient. Je n'ai pas dit ce qu'il fallait : non, bien sûr que non, tu te trompes, tu es formidable, je sais que tu pourrais les élever merveilleusement, mots indispensables que je n'ai pas dispensés, il me manquait de l'amour, il me manquait l'amour. Je suis sorti dans une colère noire. J'ai pris un taxi. Conduisez un peu, je me déciderai ensuite pour la destination exacte, allez vers le centre. Et j'ai pris la carte qu'un manager américain m'avait glissée un jour en plaisantant. *You never know.* Oui, pour ce soir. Dès que possible. A l'autre bout du téléphone : c'est que, dès que possible, ce sera un peu difficile, Susana est peut-être disponible. Votre numéro de carte de crédit ? J'ai donné ensuite l'indication au taxi.

Les salons de l'hôtel sont assez fréquentés à cette heure précédant le début de soirée. Beaucoup de monde s'attend. On regarde sa montre, on commande un verre pour patienter. Des touristes japonaises passent chargées de sacs et se dirigent vers le concierge pour prendre leur clé. Elle est déjà là, assise dans un fauteuil un peu à l'écart, droite et absente. La description donnée au téléphone a été suffisante. Je me demande si le vison est prêté ou si elle se l'est acheté elle-même. Je me dirige d'abord vers le concierge. L'hôtel est complet, monsieur. Il nous reste bien la suite impériale... OK. Votre carte de crédit, je vous prie... Merci. Vous avez des bagages à faire monter à votre appartement ? L'homme me fixe. Je suis sur le point de partir. Je le regarde dans le blanc des yeux : non. En ce cas... Voici les cartes magnétiques de la suite, monsieur.

Elle sait que c'est moi. Elle me demande si on prend un verre. Elle est très sérieuse. Je n'arrête pas de me demander si cela se voit, si on est crédibles, dans cet endroit de rombières et d'hommes d'affaires. Ou si cela se remarque immédiatement, l'homme qui va se payer une call-girl. On fait un tour en taxi si tu veux ? Je suis surpris qu'elle me tutoie. On sort et je me retrouve à nouveau dans une voiture, elle à mes côtés. Je suis sur le point de donner mon adresse, pour en finir. J'ai toujours méprisé ceux qui font ça, en voyage ou ailleurs, qui se tapent des filles un soir, pour passer le temps, et n'y pensent plus le lendemain. Demain, je n'y penserai plus. Valérie me manque, soudain. La fille est là, j'ai appelé, j'ai réservé une suite. Rien ne m'oblige, je peux encore tout arrêter. Mais curieusement, j'ai envie. J'ai envie de cette fille que je ne connais pas et qui me parle de monuments illuminés, qui se plaint de ne jamais voir d'étoiles la nuit, ici. Tu connais le nom des étoiles ? Non. Rentrons.

Elle raconte les autres fois où elle est déjà venue dans cet hôtel. Heureusement qu'on ne la reconnaît pas. Dans la chambre, elle se déshabille toute seule, avant que j'aie eu le temps de faire le moindre geste vers elle. Elle préfère sans doute. Elle le fait lentement. Sa peau est très blanche, translucide par endroits, à l'intérieur des coudes, au-dessus des épaules,

les veines bleues tremblent. Je sais que moi aussi je tremble de peur. Même si Valérie ne le saura jamais, cela aura tout de même eu lieu, dans cette chambre de luxe, cet endroit trop grand pour la pauvre chose qui va s'y produire. Le salon Empire est resté dans la pénombre. On n'a allumé que les lampes de chevet. Ce faste est triste, les cygnes d'acajou penchent la tête sous le marbre de la commode, et d'elle je ne verrai pendant les instants finalement brefs de notre transaction qu'un cou ployé, blanc. Je lui ai demandé de partir assez vite après. Elle était mécontente. Les Américains et les Italiens, ils ont quand même plus le sens de la fête. Même pas de champagne.

Je suis resté allongé sur le lit, lumières éteintes. Je l'ai donc fait. Je me suis vengé, de rien. Je suis le salaud qu'elle dit, qu'on dit. Elle a raison, je l'ai fait pleurer, je ne la mérite pas. Où est-elle ? A l'autre bout de la ville qu'on entend à peine, derrière les lourdes tentures de velours de la chambre. Il n'est pas très tard. Vingt-trois heures. Je peux encore rentrer. Je peux commencer à lui mentir. Peut-être veut-elle un enfant et ne me l'avoue pas. Peut-elle seulement me le dire ? Que lui ai-je confié de mon chagrin jusqu'ici ? Marie et Jean sont chez leur grand-mère et puis ils iront vivre chez des amis, où ils ont déjà un petit copain. Mais leurs parents sont morts et enterrés. Plus tard, Marie ne se souviendra peut-être pas d'eux, les images seront floues, ce sera presque un temps de rêve dont elle se demandera s'il a jamais existé. Anne sera leur maman, c'est inévitable. Ils les oublieront, comme tout monde les oubliera peu à peu, comme on oublie toujours les morts, tous les morts, depuis que l'homme existe et qu'on doit crever, jeune ou plus tard. Je vais rentrer et prendre Valérie dans les bras, lui dire que je n'ai pas envie de mourir, et elle ne comprendra pas.

Je sais. Moi non plus, m'a-t-elle dit doucement, bien que tu mérites amplement de mourir sur-le-champ pour tout le mal que tu m'as fait. Sait-elle ? C'est impossible, mais commence la terreur qu'elle apprenne un jour. Tu voudrais qu'on fasse un enfant ? Non, pourquoi, toi oui ? Non, tu sais que non. Je suis si triste pour Marie et Jean. Qu'est-ce qui nous arrive, Alain ? Je ne sais pas. Veux-tu que nous nous séparions ? Non. Le journal avec la photo de l'accident est toujours sur la table basse du salon. On n'y a pas touché depuis. Plié, il a l'air d'un simple journal local, anodin et sans gravité, ce n'est rien. On pourrait le jeter ou s'en servir pour emballer du verre cassé. Il est tard. Les yeux de Valérie sont fatigués. Ses joues se sont un peu creusées. Machinalement, je presse le haut de mes pommettes, en faisant jouer la chair et la peau sur l'os. Et pour la première fois, je prends conscience qu'avec ce geste qui m'est familier je touche le squelette, sous la peau, un jour les tissus auront disparu, il ne restera que le crâne et cet os que je sens derrière, je serai cet amas d'os, non, je le suis déjà, enrobé de vie, simplement. Valérie se lève pour aller se coucher. Les stores sont toujours relevés, à cette heure de la nuit, par la grande baie vitrée, on voit la ville où, quelque part, la fille avec qui j'ai eu ce commerce improbable bouge et vit, Valérie passe devant la baie, et je me dis que nos destins sont noués, quoi que nous fassions, et cette pensée me réconforte. Je pense à Robert, à sa proposition de passer le voir dans le Sud.

Il est question que je me rende à nouveau à Singapour. Les choses semblent mieux engagées à présent. Valérie m'appelle au bureau. Chaque fois qu'elle utilise la ligne directe, je regrette de la lui avoir communiquée. Valérie, je suis en rendez-vous, excuse-moi, je te rappelle. Alex me regarde raccrocher le combiné en me souriant. Bon, qu'est-ce qu'on disait ? Ah, oui, la fabrication des masques pour les circuits intégrés... Je n'ai pas très envie d'aller à Singapour dans le fond, même si c'est en voyage éclair. Alex peut bien y aller pour moi, maintenant qu'il est *chief executive officer*. Après la réunion, Claudine me transmet un message laissé par Valérie : Anne a appelé, ils ont répondu officiellement oui au notaire. Oui, Alain, votre épouse

voudrait que vous la rappeliez. Merci, Claudine. At-
tendez, Claudine, est-ce que vous pourriez me réser-
ver un vol pour Nice, pour lundi prochain ? Deux
billets ? Non, un seul, merci.

Robert et sa nouvelle compagne, Jocelyne, habitent
sur les hauteurs, à l'ouest de la ville. C'est une maison
qu'elle a héritée d'un oncle. Elle se trouve au bord
d'une petite rue en pente. On entre sur le côté de la
villa, et, au-dessus du mur qui entoure le jardin, on
voit le trait bleu de la mer. Un gentil désordre règne
dans ce jardin à peine entretenu et qui se contente
d'arborer deux splendides orangers et un citronnier.
Des travaux récents n'ont pas été terminés et le mur
en question est en partie resté brut, des blocs de par-
paing gris attendent une couche de peinture ocre qui
couvre le reste de l'enceinte ainsi que la maison elle-
même. Il tente de masquer le terrain voisin qui tient
un peu d'une casse d'électroménager et d'un garage
de fortune pour vieilles mobylettes, qu'on entend péta-
rader d'ailleurs dans la ruelle. Elle s'est tout de suite
excusée, Jocelyne, c'est Denis, il est bien gentil, mais
quand on arrive, ça gâche un peu la vue. Votre
voyage s'est bien passé ? Vous pardonnerez Robert
de ne pas être là pour vous accueillir mais, elle baisse
le ton de la voix, il n'a pas été bien ces jours-ci. Très
déprimé. Enfin, vous savez ce que c'est. Il est parti

marcher. Vous connaissez la région ? Vous êtes déjà venu ? Jocelyne est volubile, elle cache sa timidité sous une avalanche de questions. Elle me rencontre pour la première fois, sait que je suis un peu lié au grand drame qui dévaste son compagnon, a dû entendre parler de mes affaires. Vous savez, vous pouviez sans problème loger chez nous. Il y a plus de chambres qu'il nous en faut. Bon, la maison aurait besoin d'un petit rafraîchissement, ce n'est pas le grand luxe... Votre hôtel est sûrement très bien. Elle m'a fait asseoir dans le salon, puis se ravise. Allons dans le jardin, pourquoi s'en priver ?

La maison est sans doute une des dernières constructions anciennes du quartier. L'horizon est hérissé de blocs modernes, immeubles avec grandes terrasses, que la végétation adoucit tant bien que mal. Cette villa et le terrain vague d'à côté doivent attiser les convoitises. Tout cet espace perdu pour quelques vieilles machines à laver et des carcasses d'engins difficiles à identifier, quel gâchis pour les promoteurs. J'essaie d'alimenter la conversation par des réflexions sur le lieu. Elle me raconte alors le faste passé de sa famille qui a fait construire cette villégiature un peu avant la Grande Guerre. Et puis les héritages se diluant au fil des générations, il a fallu vendre une partie du terrain, ce qui explique cette haie qui vient au ras du mur ouest. Avant, la propriété s'étendait jusqu'au milieu de la résidence voisine. Elle a récupéré de son oncle cette sorte de moignon qui ne lui survivra pas, ses enfants étant tous deux installés à l'étranger. Cela leur ferait une maison de vacances ? Non, non, cela ne les intéresse pas. Et vous, avez-vous des enfants ? Non. L'échange est retombé, et nous ne nous soucions même plus de le faire repartir. Je goûte l'instant, le parfum des agrumes, la douceur de l'air et de la lumière, je comprends les peintres, je pense à elle, qui aurait pu venir peindre ici, chez son père. Le portillon s'ouvre alors sur Robert. Il me serre la main. Il s'excuse, il a mal calculé le temps que prendrait sa balade. Il me remercie d'être venu. Sa voix se casse. Il s'assied. Cache son visage dans ses grandes paumes. J'aurais tellement voulu qu'elle vienne ici, avec les petits, cela avait été plus ou moins décidé, et puis voilà. Et puis voilà. Il montre le mur inachevé. Je faisais ça quand le malheur est arrivé.

Ils m'ont demandé de rester avec eux pour le dîner. Elle avait tout préparé, déjà. Nous avons mangé dehors. Nous avons beaucoup parlé des enfants, de ceux de Jocelyne. L'un vit à San Francisco. Il a ouvert une boulangerie française. Son commerce a beaucoup de succès, ils ne savent pas cuire les brioches et les croissants, là-bas. L'autre fils est parti s'installer au Canada. Il fait de la recherche médicale à Toronto. Et puis, forcément, Marie et Jean sont venus dans la conversation. La maturité de Jean, son intelligence. L'entente aussi qui les unit. Depuis toujours d'ailleurs.

C'est rare de voir cela entre frère et sœur. Ils s'aiment vraiment. Marie comprend ce qui leur arrive. Que lui a-t-on dit exactement ? Robert n'était pas auprès d'eux tout de suite après le drame. Lorsqu'il les a vus, deux jours plus tard, il leur a dit qu'ils avaient le même chagrin, qu'il penserait toujours à eux, comme eux, et que lorsqu'on pense à quelqu'un, même s'il n'est plus là, il n'est pas complètement mort. Il a appris qu'Anne et Patrick Sauvage avaient accepté de les prendre chez eux. Ils seront bien, certainement, il a confiance. Non, ce n'est pas Irma qui l'en a informé, mais Anne. Cela n'a jamais été facile avec Irma. Une femme un peu rigide, qui a mal composé avec son veuvage. Pas mauvaise, dans le fond.

La nuit est tombée et Jocelyne s'est inquiétée de mon retour à l'hôtel. A pied ? Robert, prends la voiture pour le reconduire, le pauvre. Dommage que vous ayez laissé vos affaires là-bas, vous auriez pu loger ici. On se fait la bise et Robert m'emmène dans la Renault 21 qui est garée à moitié sur le trottoir le long du mur de la villa. L'air s'est légèrement rafraîchi, l'une des fenêtres qui donnent sur la ruelle est allumée. Il fait très calme, je perçois juste un faible mugissement. Peut-on entendre le ressac de la mer depuis ce quartier de la ville ? Robert me demande, si ce n'est pas indiscret, pourquoi je ne suis pas venu avec mon épouse. Ça ne va pas bien entre nous pour le moment, j'ai besoin d'être un peu seul. Nous redescendons vers la baie. L'anse est illuminée jusqu'au cap qui barre une partie de la mer. Je sais que Valérie aurait aimé être avec moi, qu'elle aurait aimé cette nuit sur la mer. Des ombres se déplacent vers la promenade et les vagues jettent une clarté intermittente au bord de la plage. Elle a accepté que je parte sans elle. Elle sait que je ne suis pas là pour le travail, mais elle m'a plutôt encouragé à venir. Je crois qu'elle veut être un peu seule, elle aussi. Robert me dit que dans un couple, on ne sait jamais ce qui va arriver, quoi qu'on fasse. On peut faire les pires conneries et rester avec quelqu'un toute sa vie, on peut être irréprochable et pourtant se quitter. Avec Colette, sa première femme, ils ne se sont jamais disputés. Pas une seule fois en quarante ans. Personne ne le croit jamais lorsqu'il dit ça.

Il m'a déposé à l'hôtel et m'a lancé en riant que si je m'ennuie trop dans mon palace, je n'ai qu'à venir chez eux. Pourquoi pas, oui, merci pour tout, et j'ai claqué la portière. J'ai regardé la Renault s'éloigner, la petite breloque en forme de sapin pendue au rétroviseur se balancer. Ma solitude m'est alors brusquement tombée sur les épaules. J'ai presque eu envie de courir après la voiture. La nuit allait être longue. Il allait falloir se battre contre les fantômes, Valérie absente, les enfants qu'on n'a pas envie de faire, Marie et Jean et leur nouvelle vie, la mienne, passée à gagner de l'argent, arrivée maintenant pratiquement au sommet de sa gaussienne, c'est la pente descendante qui se présente et la tangente à l'infini de l'abscisse. Dans ma chambre, j'ai allumé mon ordinateur portable et je me suis mis à surfer. J'ai visité des sites de reconstitution par images virtuelles de hauts lieux romains : Pompéi, le Forum de Rome, Ephèse. On voit d'abord l'état actuel des ruines et puis petit à petit les colonnes se redressent, des peintures se complètent, des atriums s'animent, des personnages même y apparaissent, vaquant à leurs occupations, flânant. Plusieurs années de ma vie contre une brève incursion dans cette époque, le pacte avec le diable, je le signe, sur-le-champ. A Ephèse, il y a une période de l'année où, si l'on se trouve dans la rue principale de la ville qui aboutit sur la mer, on voit le soleil se coucher exactement dans la perspective de la rue, cette rue incroyablement conservée, où la façade de la bibliothèque se dresse, presque intacte et, au bout, le soleil, identique, celui-là qu'on voyait il y a plus de deux mille ans, les grandes dalles semblent mener au soleil. A part les touristes et les chats, il n'y a plus rien à Ephèse, et encore moins le souvenir de mon passage, je ne connaissais pas encore Valérie, nous étions trois copains, et l'un d'eux est mort aujourd'hui.

Je me suis endormi en laissant l'ordinateur allumé. L'économiseur d'écran continue de tourner ses anamorphoses rouges et bleues lorsque je me réveille, tard. J'appelle la réception pour avertir de mon départ aujourd'hui et je décide de profiter tant qu'il est encore temps de la piscine au dernier étage de l'hôtel. Je suis pratiquement seul. Deux femmes, qui semblent se connaître, nagent côte à côte en conversant. J'essaie de me faire discret, je plonge en silence et commence à avancer dans l'eau, lentement, à longues brasses coulées. A chaque respiration hors de l'eau, je vois les rochers et les montagnes qui abritent la baie, et le ciel. A ce rythme, je pourrais nager indéfiniment, happer un peu de ciel, à chaque fois, et repartir.

J'ai appelé Robert pour dire que j'acceptais son invitation. Il n'a pas paru surpris. Quand voulez-vous que je passe vous chercher ? Pour le déjeuner ? Je vous attendrai dans le hall d'entrée de l'hôtel. Très bien, comme ça, pour une fois, je verrai l'intérieur, toutes les fois que je passe devant... Il a sifflé doucement en jetant un regard circulaire sur les tapis rouges, les ors et les hommes en livrée. Voulez-vous que je vous montre le fameux lustre en cristal de baccarat du grand salon ? Il y en a deux au monde, l'autre a été commandé en Russie par le tsar Nicolas. Mais vous aimez ça, franchement ? fait-il en me jaugeant.

C'est pas mal, tout de même. Moi, ça attire ma curiosité, sans plus. J'ai eu un temps ma carte au PC, figurez-vous, alors, tout ce luxe, ça me révolte toujours.
Les gens friqués, j'ai du mal. Robert, je suis quelqu'un
de friqué... Justement, je n'ai pas l'impression que
vous êtes si heureux que ça. Cela n'a rien à voir. C'est
ce que vous dites. Il n'avait pas trouvé à se garer tout
près, nous avons marché un peu. J'ai pensé fugitivement que je pourrais tout plaquer, vivre ailleurs, ici,
par exemple, faire un petit boulot pépère, kiosquier,
donner des cours particuliers de maths, n'importe
quoi, pompiste dans une des stations qui se trouvent
le long de la promenade, et rester assis sur une chaise
à regarder la mer, en attendant les clients, faire les
pleins, encaisser l'argent, puis me rasseoir.

Je n'avais pas remarqué que leur villa avait un
nom, écrit discrètement sur un cartouche de ciment
au-dessus de la porte d'entrée : *Les oublies*. Curieuse
appellation pour une maison, curieuse orthographe.
Les oubliés ? Le maçon a peut-être omis l'accent. Mais
alors que j'interroge prudemment Jocelyne, elle me
sourit gentiment. La fortune de sa famille venait
d'une biscuiterie. Et autrefois, on fabriquait des
sortes de gaufrettes en forme de cônes qu'on appelait
"oublies". Celui qui a fait construire cette maison en
raffolait et, par reconnaissance pour l'aliment qui lui
avait en partie permis d'édifier le bâtiment, il l'avait

baptisé de cette appellation poétique. Si on croit à la prédestination de certains noms, celui-là n'est pas mal choisi...

Le ciel s'est un peu couvert et on choisit donc de déjeuner à l'intérieur. La salle à manger est assez vétuste. Une peinture patinée, orangée, couvre les murs jusqu'aux lambris moulurés. Cette couche avait dû être posée sur du papier peint antérieur qui se décollait vers le bas, on en devinait le gaufrage vertical fait d'un motif floral torsadé. Le mobilier tranche sur ce romantisme suranné : buffet, tables et chaises assorties, en un Formica imitant l'acajou laqué, aux huisseries, boutons de tiroir, pieds de chaises, cuivrés, datant clairement des années cinquante, le tout à l'état quasiment neuf. L'une des estampes au mur porte le titre *Le Marchand d'oublies* et représente un homme qui tient par une large sangle une sorte de boîte haute sur le couvercle de laquelle on devine un jeu dessiné. Jocelyne m'explique qu'il s'agit d'une loterie qui permettait au marchand de faire gagner aux enfants des oublies.

Le repas est plutôt joyeux. Robert, content d'avoir un hôte à sa table, parle beaucoup. Jocelyne est heureuse de le voir de bonne humeur. Je leur demande comment ils se sont rencontrés. Ils se renvoient la balle avec une pudeur un peu brusque. Les débuts sont confus. Ils se sont croisés par hasard lors d'une fête de quartier. Ensuite, comment une histoire se tisse, c'est difficile à raconter. Ce sont les écrivains qui savent faire cela, remarque Jocelyne. On a alors embrayé sur la littérature, la salade et les fromages arrivant. Avant de connaître Jocelyne, Robert ne lisait que des documents historiques, de temps en temps, quand le sujet l'intéressait. Elle l'a un peu initié aux romans. Pour commencer ceux qu'il y avait dans cette maison. Il était d'abord réticent, des écrivains de droite, dit-il en riant, mais c'est vrai que *Le Journal d'un curé de campagne*, ça l'a remué. Et puis tous les Mauriac, en collection club avec de belles couvertures toilées, *Thérèse Desqueyroux, Le Sagouin*. Court, mais très fort, *Le Sagouin*. Jocelyne lit de la poésie. Il reconnaît que là, il n'y arrive pas, il faut qu'on lui raconte une histoire, qu'il se raccroche à quelque chose d'autre qu'à une suite de mots qu'on croirait parfois mis au hasard... J'ai dû avouer que je ne lis pratiquement pas. Après le travail, pour me détendre, j'ai besoin de ne rien faire ou alors une activité physique, natation, course à pied. Il ne me reste que des souvenirs de lecture, de l'adolescence surtout. *Le Grand Meaulnes*. Cela faisait partie des lectures obligatoires, il m'en est resté des images, l'hiver et les classes froides, les sabots et les blouses des élèves, le château, la fête féerique, cette jeune femme si belle et inaccessible, la fenêtre d'un hôtel parisien guettée avidement...

Jocelyne parle alors du roman d'un certain Henri Bosco, qu'on ne lit pratiquement plus aujourd'hui. *Le Mas Théotime.* Elle ne se rappelait plus l'histoire, mais se souvenait d'une ambiance de mystère, de chants de cigales nocturnes et de lumières qui s'éclairent dans la nuit. On en était au café. On tournait pensivement nos cuillers en nous remémorant nos lectures d'autrefois.

Robert m'a montré ma chambre. Elle avait été retapissée. Le plancher avait été décapé et attendait une couche de protection. Le tout sentait le bois et le solvant. De la fenêtre, on avait une vue sur la mer, qui arrivait enfin, lumineuse, qu'on embrassait dans toute la largeur de la baie, après un fatras de toits, de végétations, et le coin du fameux Denis, dont on surplombait le bric-à-brac. Vous avez commencé des petits aménagements ici aussi ? Robert est resté sur le pas de la porte. Oui, cela devait être leur chambre pour leur premier séjour. On a fait les murs et le plancher pour ça. Sa réponse a vrillé dans ma poitrine. Je vais dormir dans la chambre qu'ils auraient occupée... De la fenêtre, je me suis retourné vers l'entrée de la pièce. Robert était parti. Pourquoi fait-il tout cela pour moi ? Pourquoi cette sympathie immédiate alors que rien ne nous rapproche, ni l'âge, ni les convictions, ni le milieu ? Peut-être avons-nous eu ce même sentiment d'avoir réussi notre vie, puis de l'avoir quand même ratée, pour des raisons différentes, mais qui aboutissent au même désenchantement.

Je suis allongé sur le lit. Le papier peint avait été choisi dans un style fleuri un peu rétro. Des fleurs violettes se détachaient sur un entrelacs de feuilles et de branches vertes. Le bois de la fenêtre et la porte peints dans un lilas profond. On sentait les choix de Jocelyne. Même inachevée, la pièce était agréable. J'étais mal à l'aise. Le plafond était craquelé dans les angles, les fissures partaient du mur et avançaient vers le plafonnier, tels des lits de rivières qui courent dans les deltas.

Quand je suis redescendu de la chambre, ils faisaient du rangement dans la cuisine. En silence. Ils étaient sûrement habités par l'idée de ma présence et de ce qu'elle voulait dire en même temps de leur absence. Ils devaient songer à cette chambre préparée pour eux et que, moi, jusque-là quasiment inconnu, allais occuper cette nuit, pense-t-on jamais à ces changements de programme, à ces bifurcations ? Je m'en suis voulu d'être là, l'intrus, l'hôte inattendu. Ils m'ont vu. Ont eu ensemble un sourire forcé. Je leur ai lancé que, bien entendu, je les invitais ce soir à dîner. J'ai aussitôt regretté cette phrase maladroite. C'est très gentil. Pourquoi pas ? a-t-elle répondu en plaçant une pile d'assiettes sur une étagère. Voulez-vous qu'on vous emmène en balade ? Vous connaissez la villa Kérylos ? J'en ai entendu parler, mais je ne l'ai pas encore visitée. Eh bien, allons-y.

Autant le repas s'était passé dans la bonne humeur, autant le trajet en voiture fut morose. J'étais mécontent de moi, et eux tout à leurs tristes pensées. La visite ne me procura pas l'enchantement attendu. Moi qui aime tant les reconstitutions virtuelles, ici, tout avait été fait en vrai, en marbre, en mosaïques patiemment posées, en meubles fabriqués à l'identique et, pourtant, cette perfection était ennuyeuse. On avait l'impression d'évoluer dans un décor de cinéma. Ce n'est qu'arrivé dehors que la magie opère. Les rochers sur la mer, la petite crique, ce peut être la Grèce, c'est la Grèce. Il y a un restaurant derrière la villa qui surplombe une petite plage. Des tables sont dressées dehors. Je propose à Robert et Jocelyne de les inviter là, si cela leur fait envie. Oui, c'est une idée. On s'installe. Il est encore un peu tôt pour le dîner et nous sommes seuls. Le vent soulève les nappes blanches. La lumière est encore forte, et réverbérée par la blancheur des tables, elle fait cligner les yeux. Nos cheveux sont en bataille. Jocelyne a du charme, ainsi, les mèches barrent son visage sans maquillage, tout simple, avec un naturel qui s'accommode des rides et du temps accumulé. Elle ressemble un peu à une actrice grecque au même âge et dont le nom m'échappe. Nous ne disons rien, laissant s'écouler le moment, en regardant la mer, le lointain. Mais si une musique, une sorte de longue mélopée, ancienne, venue d'on ne sait où, s'élevait soudain, j'en serais à peine surpris. Notre attente ressemble à cela. Peu à peu, des gens viennent, l'endroit s'anime.

De retour à la villa, une fois les salutations faites et les derniers remerciements échangés, je monte dans "ma" chambre. Il n'y a pas de rideaux à la fenêtre. Je ne rabats pas les volets. La lumière de la rue vient raser les murs. Pour la première fois depuis mon arrivée, je consulte le répondeur de mon téléphone portable. Quelques voix crépusculaires qui semblent s'accorder à la pénombre me parlent de choses qui sont loin de moi, soudain. Au dernier message, c'est la voix de Valérie que j'entends, j'ai un frisson inattendu. Nous étions convenus de ne pas nous téléphoner pendant ces quelques jours. Elle me dit que c'est important, qu'elle a une nouvelle importante à m'apprendre mais qu'elle ne peut pas le faire sur un répondeur, qu'elle voudrait que je rentre. Le procédé me déplaît un peu. Pourquoi ne pas me dire, même en deux mots, de quoi il s'agit ? Et maintenant, qu'est-ce que je suis supposé faire ? Rentrer, ventre à terre, parce qu'elle aura éveillé ma curiosité ? Je pourrais la rappeler tout de suite, quitte à la tirer du sommeil, mais puisqu'elle ne veut pas en parler au téléphone, elle risque de se braquer. Je vais rentrer, tout de même. A contrecœur. Je me sens bien ici. Je m'allonge sur le lit sans défaire les draps.

Ma nuit sera mauvaise. Je fais un curieux rêve. Sur la place d'un village du Sud, il y a un petit attroupement. Des gens sont accroupis en cercle et regardent une chose que cachent leurs épaules. Au centre, je reconnais le manteau du marchand représenté sur l'estampe *Le Marchand d'oublies*. Je m'approche en pensant qu'il s'agit de ce marchand qui fait gagner des oublies à des enfants. De fait, les personnes accroupies sont vêtues de culottes courtes. Arrivé à proximité, je trébuche sur une pierre et fais du bruit avec le talon de ma chaussure. Les enfants se retournent vers moi et je découvre avec horreur qu'ils ont des visages de vieillards. Je vois le marchand de dos, il est toujours penché sur le jeu de loterie, si bien que je ne le distingue pas, mais quand il tourne la tête, lui aussi, je constate avec effroi qu'il s'agit de la mort. Je me réveille en sueur. Je suis glacé. Je rentre sous les draps et remonte bien haut la couverture. Ce n'est qu'un cauchemar et le jour va venir. Il a mis de longues heures à venir, ce jour. Et ce n'est que lorsque j'ai perçu une lueur au bord de la fenêtre que je me suis rendormi, comme une masse.

J'ai eu honte d'émerger si tard. Un petit déjeuner était toujours dressé à mon intention dans la salle à manger, malgré la matinée déjà très avancée. Lorsque

Jocelyne est rentrée du jardin, m'ayant vu par la fenêtre, je me suis confondu en excuses. Ce n'est pas dans mes habitudes de me lever à des heures indues, vous n'allez pas me croire, mais je suis un lève-tôt. Je nage fréquemment une heure avant d'aller au bureau. Là, je me laisse un peu aller. Mais oui, Alain, laissez-vous aller. Ce sont des vacances pour vous après tout. J'ai avalé une tartine et les ai rejoints au jardin. Robert était en bleu de travail. Il m'a salué avec chaleur en me demandant si j'avais bien dormi. Oui, très bien, trop bien même, ai-je menti. Il avait l'air de bonne humeur et je ne voulais pas jouer les rabat-joie. Il avait repris des travaux autour de la maison. Il enduisait de ciment le bout du mur inachevé. Bah, on ne pouvait pas laisser ça comme ça éternellement. Et dans le fond, de le voir ainsi, cela me rappelait par trop certaines choses. J'y penserai peut-être moins en le regardant à présent. Jocelyne m'a demandé si je restais avec eux pour le déjeuner. J'ai accepté et puis je leur ai dit que j'avais reçu un message de Valérie. Je crois que je vais prendre l'avion cette après-midi, en tout cas, dès que ce sera possible. Il me semble qu'ils ont été déçus que j'écourte de vingt-quatre heures mon séjour chez eux. Nous avons encore parlé de choses et d'autres. J'ai branché mon ordinateur portable à la prise de téléphone dans leur salle à manger, je consulte l'une ou l'autre information sur la boîte. J'envoie quelques mails. Depuis que j'ai pris la décision de rentrer plus tôt, je suis déjà rattrapé par le travail et le reste. Des réflexes reviennent. Regarder sa montre et machinalement évaluer la quantité de travail qu'on peut faire jusqu'au soir, examiner son emploi du temps pour savoir qui on rencontre. Flottent pourtant la voix de Valérie et le cauchemar du marchand d'oublies. Au déjeuner, j'ai été sur le point de le raconter à mes hôtes. Je les ai chaleureusement invités chez nous, c'est grand, il y a de la place, vous serez comme chez vous. Je ne sais pas si je les ai convaincus. Ils espèrent revoir bientôt Marie et Jean. Ils iront certainement leur rendre visite lorsqu'ils seront installés chez les Sauvage. Et bien sûr, ils les attendent ici. Leur chambre à eux aussi est prête. On y a même posé des rideaux avec un motif de montgolfières.

Ils ont tenu à me conduire à l'aéroport. J'ai traversé encore le jardin et humé les fragrances qui viennent des orangers. J'étais curieusement ému, comme si ce départ était solennel sous des apparences anodines. Ils m'ont déposé dans la zone joliment appelée "*Kiss and fly*". Dans l'avion, je revois cette chambre qui attend la venue de Marie et Jean, cette frise en papier peint qui aligne des montgolfières multicolores et qu'on retrouve sur les rideaux. La fenêtre donne sur un des orangers. Ils auraient pu lire gentiment des histoires dans cette chambre avant leur coucher, ils auraient pu fermer ces rideaux avant de les embrasser dans leur lit, en promettant une belle journée à la plage pour le lendemain. Ce seront Anne et Patrick qui auront pour eux ces gestes désormais. Et il y aura Augustin avec eux. Ce sera autre chose, la route a pris un grand tournant. Robert pourra-t-il s'empêcher de voir en Anne et Patrick l'absence de sa fille et de son gendre ? En tout cas, il n'en laissera rien paraître. Trop délicat, dans le fond, trop résigné à la vie.

Le vol m'a semblé très court, moi qui suis plutôt habitué aux long-courriers, au dessèchement de la gorge et du nez dans les airs pressurisés, à l'espèce de flottement dû aux décalages horaires et aux changements d'atmosphère. Je n'ai appelé Valérie qu'une fois arrivé dans l'aéroport. Deux répondeurs successifs, maison et portable, ont annoncé : en notre absence, laissez un message. Je me suis dit que ce serait mieux si je rentrais ainsi sans l'en avertir, sans qu'elle soit là. J'aurais le temps de reprendre pied dans l'appartement, de souffler. Tout était en effet désert. Je me suis affalé sur le canapé pour regarder à travers les baies le soleil descendre sur la ville. La pluie s'est mise à tomber, gommant de gris les orange du couchant, effaçant les contours des bâtiments que je reconnais malgré tout à force de les avoir scrutés, pendant tous ces soirs de fatigue. Valérie est rentrée, trempée. Elle n'a presque pas été surprise de me voir. Oh, tu es là. Son regard constatait, vérifiait sa prédiction : il va rentrer aujourd'hui. Je suis sortie sans parapluie et je me suis fait avoir. Quel temps de chien. Elle est allée se sécher les cheveux dans la salle de bains, puis est revenue. Tu as donc eu mon message. Le voyage s'est bien passé ? Pas de turbulences ? Ils avaient annoncé un très mauvais temps, ils ne se sont pas trompés pour une fois. Le tonnerre a commencé à enfler sous les rafales de pluie. Elle s'est assise à côté de moi. Tu ne me demandes pas ce que j'avais de si important à te dire ? Si, qu'est-ce que tu avais de si important à me dire ? Je suis enceinte.

Ses yeux me scrutaient avec curiosité et fierté.

Oui, je sais que ce n'était pas au programme de ta vie ni de la mienne mais depuis que je le sais, je suis très heureuse. Cela ne pouvait qu'arriver comme ça, sans le vouloir. On ne l'aurait jamais fait sinon. Nous, on ne nous a pas demandé si on acceptait de naître, je trouve que là c'est un peu pareil. Comme je ne disais rien, elle a continué : ne t'inquiète pas, tu vas très vite te faire à l'idée. Moi aussi au début je ne voulais pas y croire, j'ai fait un test sanguin pour être sûre. Et le résultat est arrivé pendant ton absence. Elle s'est alors mise en boule sur le canapé et s'est blottie contre moi en murmurant qu'elle adore la pluie quand on est chez soi, bien au chaud, bien protégé. Elle n'est pas revenue sur mon escapade en solitaire, sur nos différends d'avant, elle avait décidé de faire une croix. J'ai été stupéfait par cette énergie, cette capacité à ne pas s'encombrer de rancunes ou de questions. Je l'ai entourée de mes bras. Et cela fait combien de temps ? Oh, ce n'est encore qu'un tout petit haricot de rien du tout.

Et notre vie commune a repris en douceur. Nous avions ce secret ensemble. Elle ne voulait pas l'annoncer avant trois mois. On ne sait jamais. Elle avait des petits cernes que je ne lui avais pas connus jusqu'ici. Et un appétit incroyable. Au restaurant chinois de la rue où nous allons souvent, elle redemande une portion de riz, alors qu'elle vient déjà d'engloutir une salade, des nems et un canard laqué. Elle éclate de rire devant la tête du serveur. Elle est heureuse. Elle avait raison, elle est heureuse. Et moi, je contemple son bonheur, je ris avec elle, et je reprends aussi du riz cantonais. J'assiste à sa transformation. Très souvent, je dois me répéter que nous avons fait cette chose ensemble, que le bébé qui va naître, c'est moi qui l'ai conçu. Cela m'arrive au bureau. Soudain, l'idée me traverse : je vais être le père d'un enfant. Je suis sidéré. On se meut des années entières à travers des théories, des conceptions générales sur tout, et puis, ces paravents tombent et il arrive cette chose : dans le ventre de Valérie un petit bout de vie qui n'est pas elle est en train de se développer.

Il s'agit bien d'un haricot. Une petite masse oblongue et incurvée palpite dans une étendue noire striée de gris, étendue mouvante qui réapparaît à chaque mouvement du médecin sur le ventre de Valérie. Le rapport dira : fœtus unique, activité cardiaque présente, placenta postérieur, normalement inséré, liquide amniotique d'abondance normale. Biométrie et étude morphologique normales. Pendant que Valérie se rhabille et que le médecin répète que tout est normal, je ne me sens pas très bien. J'ai la gorge nouée, pour un rien je pleurerais. Je fixe la moquette du cabinet que des dizaines d'autres ont dû regarder avant moi, heureux ou inquiets. Ça va, monsieur ? Un peu secoué sans doute ? On l'est souvent quand c'est la première échographie. Et précisément, non. La seule chose qui me détendrait à la minute serait d'être ailleurs, loin, très loin. Dans un café, je parlerais avec lui, cela me ferait du bien, il était médecin, il aurait pu me dire des choses vraies et simples. Mais je ne parle plus avec personne. J'échange, j'ai des conversations. Mais avec qui ai-je parlé pour la dernière fois ? Avec Robert lorsque j'étais chez eux. Et puis ? Philippe ? Le soir, on laisse courir le répondeur, en journée, je ne suis jamais disponible. Et je me retrouve là comme un con dans ce cabinet de gynécologue, la tête basse, avec l'envie de chialer.

Sur le trottoir, Valérie me fait remarquer que je n'ai pratiquement rien dit de toute la consultation, pas posé une seule question. Je la regarde. Elle a embelli, les traits sont plus doux, les cheveux plus souples. Je lui dis : tu es belle. Puis je m'enfouis dans son épaule. Elle ne relève pas, repousse gentiment mon visage, puis s'accroche à mon bras. Nous continuons de marcher sous les arbres. Le soleil est haut dans le ciel. Valérie me dit qu'elle a faim. La vie me semble lourde à porter. Je pourrais m'asseoir sur un banc et demander qu'on arrête tout, qu'on efface tout. Il faut que je me l'avoue. J'assiste à sa joie, je constate son épanouissement. Je n'y participe pas. S'en rend-elle compte ? Sûrement. Mais elle a dû en prendre son parti. C'est l'enfant qui compte pour elle. Le reste n'a sans doute plus d'importance. Je suis déjà accessoire. Valérie, est-ce que tu m'aimes ? Et toi ?

J'ai vu Philippe. J'ai été prendre un verre chez lui. C'est la première fois que je vois un copain de la bande depuis notre sinistre rencontre chez le notaire. Laure était à son cours de yoga. Il m'a dit que j'étais surmené. Visiblement. Que tout cela, il fallait le mettre sur le compte d'une grosse fatigue. Que l'année dernière j'avais trop voyagé. Il paraît que les décalages horaires fréquents induisent parfois des troubles de l'humeur, voire des dépressions. Il dit ça le plus calmement du monde. Je l'envie. Juriste dans une société d'assurances. Un horaire bien réglé. Rentré chez soi, plus de souci. Et pas la hantise de ne pas faire assez de chiffre, de n'avoir pas choisi la bonne tendance, de s'être trompé dans une acquisition, d'être éjecté par le conseil d'administration via les manœuvres des gros actionnaires. J'ai mis un certain temps à comprendre que ce pouvoir et l'argent qui va avec a pu les éloigner de moi, Philippe et les autres. La tristesse lorsqu'un soir il m'a dit que Laure n'osait plus nous inviter chez eux parce qu'elle trouve que leur intérieur est trop petit, trop moche. Mais peut-être est-ce que c'est Valérie qui passe mal ? Ne travaille pas, que fait-elle alors de ses journées, n'a pas d'enfant, alors que dans leur duplex, on pourrait en loger cinq. Ils se sont certainement dit tout cela, dans leur lit, le soir, en rentrant de chez nous ou après nous avoir embrassés sur le pas de leur porte. De toute façon, j'ai fini par voir Philippe seul pour un verre, comme ça, sans les femmes.

Je sais que je suis en train d'enfreindre notre accord. Valérie ne veut pas qu'on en parle. Mais comment fait-elle pour garder ça pour elle ? Philippe ne dira rien à Laure, il le promet. Comment en être sûr ? Comment pourra-t-il garder cette nouvelle qui fait taire un certain nombre de ragots sur notre compte ? Peuvent-ils avoir des enfants ? Est-ce que c'est Valérie qui ne veut pas ? Elle est du genre à penser que ça fait grossir, et puis que c'est bruyant, les enfants. Il m'a d'abord félicité lorsque je le lui ai annoncé. Mais comme je lui confiais mon humeur, il m'a dit, à mon grand étonnement, que Valérie avait raison de ne pas vouloir en parler avant un certain temps. Inutile de brûler les étapes. Ce n'est qu'au bout de trois mois qu'on peut être un peu sûr que cela arrivera à terme, et encore, tu sais bien que le deuxième, on a failli le perdre à cinq mois. Un décollement du placenta. Enfin, je ne m'étale pas, ça risque de t'effrayer pour rien, tu vois comment il est aujourd'hui... Ils étaient dans le salon quand je suis arrivé, nous nous sommes salués, ils sont bourrus comme des garçons de quatorze et seize ans, et puis ils sont partis dans leur chambre d'une marche lente et simiesque, encombrés qu'ils sont de leurs bras et de leurs jambes poussés trop vite. On entend des bruits de jeux vidéo et une basse sourde qui rythme les sons bizarres de bagarres électroniques.

Nous avons un peu abusé de la Leffe brune qu'il entrepose religieusement dans la cave de l'immeuble. Je ne bois cette bière que chez lui. Nous avons reparlé d'eux. De cette impossibilité à se faire réellement à l'idée de leur mort. Des étudiants que nous étions. Ce passé me paraît si loin, il pourrait s'agir d'un film, de personnages que j'aurais bien connus, mais était-ce moi, était-ce ma vie déjà ? Ils ont appris que les enfants vont aller vivre chez Anne et Patrick. C'était évidemment ce qu'il y avait de mieux. Il me dit à quel point il les comprend. Eux-mêmes se sont souvent posé la question : s'il leur arrivait un malheur, que deviendraient Jeff et Manu ? Mais ils n'ont jamais été plus loin que de simplement s'interroger. C'était bien dans son tempérament à lui de déposer une lettre chez un notaire. Elle a seulement dû approuver la démarche. Pourquoi ne nous en ont-ils jamais parlé ? Lorsqu'on prend de telles décisions, on en informe les personnes concernées, non ? C'est ce que j'aurais fait en tout cas. Je le laisse parler, je ne sais rien de ces sentiments paternels, j'ignore ce qu'on peut ressentir. J'en arrive même à me demander si j'ai vraiment envie de cet enfant que Valérie attend. Quel père je vais être ? Qui rentre tard le soir, qui part souvent à l'étranger ? Il pourra dire que papa est en voyage d'affaires, ironise Philippe... Il pourra surtout dire que son père est un gros salaud qui n'a pas voulu de lui, un gros salaud tout court... Philippe voit les effets de la Leffe brune, passe le bras sur mon épaule. Alain, tu as l'alcool triste, pourquoi tu dis ça ? Je suis sur le point d'avouer que j'ai trompé Valérie, un soir, quand elle avait besoin qu'on lui parle et ce que j'ai été faire dans cet hôtel de luxe, hôtel de merde, type de merde, un type de merde. Je n'ai prononcé que ces derniers mots, les autres sont restés dans ma gorge. Te laisse pas aller, Alain, prends des vacances, repose-toi, oublie ton boulot, occupe-toi de Valérie.

En partant, j'ai croisé Laure dans l'escalier de l'immeuble. On s'est dit bonsoir, j'ai essayé de lui sourire, elle m'a gentiment fait remarquer que je devais vite aller me coucher. Oui, tu as raison. J'avais descendu deux étages quand elle m'a demandé, par-dessus la rambarde, si je rentrais bien en taxi. Je n'ai pas eu la force de relever la tête pour lui répondre, j'aurais perdu l'équilibre. Cela faisait longtemps que je n'avais pas pris une telle cuite. Je suis arrivé à l'appartement au radar. L'ascenseur a tinté, il m'a fallu une minute pour entrer la clé dans la serrure et je me suis affalé sur le canapé. Monter les marches jusqu'à la chambre était au-dessus de mes forces. J'ai très mal dormi. Je me suis réveillé le matin sur la moquette, à moitié en dessous de la table basse. La journée a été une prouesse, une prouesse d'orpailleur qui secoue méthodiquement son tamis, j'ai secoué les heures, les unes après les autres, donnant le change, malgré le mal de tête et les moqueries de Valérie : alors, on ne tient plus l'alcool, on va se saouler chez un copain et on ne supporte plus la gueule de bois ? La journée a fini par finir. Je n'ai jamais été aussi heureux de rentrer pour me coucher. Valérie est d'une humeur d'ange. Elle vient me taquiner sur le lit, me fait de charmante façon mille propositions malhonnêtes alors que je ne pense qu'à dormir. A huit heures du soir ? Oui, pour une fois, à huit heures du soir, s'il te plaît.

Alain, tu n'es pas drôle... Mais est-ce qu'on peut encore ?
Mais, oui, évidemment... Rien ne t'arrête, toi alors. Mais
puisque je te dis qu'on peut. Demain, pitié, je t'en sup-
plie. Elle a alors entamé une bataille d'oreillers dans
laquelle je n'ai pratiquement pas livré de combat. A la
fin, elle s'est assise sur le bord du lit, en me tournant
le dos. Je ne pouvais pas savoir quelle était l'expression sur son visage, pensif ou rieur. Depuis qu'elle est
enceinte, je la regarde comme un spectacle, ou un
mystère, les deux à la fois.

Quelques jours plus tard, lorsque je suis rentré,
elle était assise à la table de la cuisine. Pour une
fois, l'heure était raisonnable. J'avais décidé de préparer l'une des rares choses que je sache cuisiner, le poulet au citron. Elle regardait fixement devant elle, m'a à
peine vu arriver. Curieusement, elle était toujours en
robe de nuit, son peignoir ouvert, négligée. J'étais
passé au supermarché faire des petites courses, j'ai
posé les sacs sur la table, je me suis approché
d'elle. Elle n'a pas tourné les yeux vers moi. Elle m'a
dit brutalement, sur un ton monocorde, d'une traite : ce matin, j'ai perdu mon bébé, j'ai fait une fausse
couche.

Je suis resté quelques secondes interdit. Puis je me
suis affolé. Mais pourquoi ne m'as-tu pas appelé ? Il
fallait m'appeler, je serais venu immédiatement ! Tu

as vu un médecin ? Tu as perdu beaucoup de sang ?
Et comme je posais cette dernière question, j'ai remarqué quelques taches sur sa chemise de nuit. Elle a
alors tourné le regard vers moi : oui, j'ai perdu beaucoup de sang, d'abord une sorte de gros caillot, et puis
un flux. C'est vrai, j'aurais peut-être dû t'appeler. Mais
je n'y ai pas pensé. Tu n'as pas vu de médecin ? Non.
Viens, Valérie, je t'emmène. Je l'ai habillée quasiment
comme une enfant endormie.

Aux urgences, on l'a examinée. Ce genre de choses
arrive, monsieur. Ce n'est médicalement pas très
grave. Elle devra prendre un petit traitement de
confort pour remettre tout bien en place, le taux de
fer, d'hormones, le moral, rien que de très banal. Et
puis, cela ne préjuge en rien de l'avenir. Elle verra cela
avec le gynécologue qui la suit. On a repris le chemin
de la sortie, sous les plafonniers rectangulaires qui
ponctuent les couloirs. Dehors, il faisait très doux.
Des oiseaux un peu tardifs chantaient dans les mas-
sifs du parking. Un soir un peu mélancolique arrivait.
Une fois assise dans la voiture, elle s'est mise à pleurer, cachée dans ses mains. J'ai essayé de la consoler,
ce n'est pas très grave, le médecin a dit que cela
n'avait aucune gravité pour ta santé, ne t'inquiète
pas, ça va passer. Je parlais sur ses sanglots, je ne suis
même pas sûr qu'elle m'écoutait ou m'entendait. J'ai
démarré pour rentrer à la maison mais, au premier

carrefour, elle m'a demandé de rouler un peu avant de rentrer. Où veux-tu aller ? N'importe où. J'ai roulé dans la ville, longé des squares, suis passé par les grandes avenues bordées d'arbres. Une fois à la maison, elle s'est écroulée de fatigue et s'est endormie tout habillée, happée par un sommeil de plomb. Le lendemain, quand je suis parti au bureau, elle dormait encore. Je lui ai laissé un petit mot sur la table de la cuisine avec son petit déjeuner prêt. Rien de bien notable, quelque chose comme "courage". Je l'ai appelée à plusieurs reprises, mais sans succès. Je suis repassé à l'heure du déjeuner. Elle s'est étonnée. Et comme elle m'a laissé comprendre qu'elle préférait être seule, je suis reparti. A mon retour le soir, elle regardait la télévision. Je lui ai demandé comment elle allait. Et comme elle ne me répondait pas, je me suis assis à côté d'elle, pour la réconforter. On pourrait éteindre la télévision ? Ça te dérange ? Oui, un peu. Si tu veux.

Il s'agissait d'un documentaire sur les fonds marins, une voix grave et un peu inquiétante parlait des abysses, des formes de vie insoupçonnées qui surgissent à de si basses températures et sans lumière, des poissons bizarres traversaient l'écran, la silhouette d'un requin obscurcissait le champ lorsqu'elle a éteint. Valérie, je sais que ce doit être difficile pour toi, mais dans le fond, ce n'est pas si grave... Elle a tourné son regard de l'écran vide vers moi.

Ce n'est pas si grave ? Ce n'est pas si grave ? Comment peux-tu décider de ce qui est grave ou pas pour moi ? Comment même oses-tu dire que tu sais que c'est difficile pour moi ? Tu ne sais rien ! Et dans le fond, tu dois plutôt être content, non ? Tu n'en voulais pas de cet enfant ! Pffuit ! Parti aux chiottes, le bébé qui te donnait des états d'âme !

Comment...

Oui, comment j'ose dire ça ? J'ose parce que je sais que cet accident, il était béni du ciel. Qu'à présent, si on doit le décider, tu n'en voudras pas, d'enfant. Que je suis seule avec ça. Que tu t'en fous, dans le fond, de ce que ça me fait. Je suis seule avec toi ! Complètement seule !

Elle est sortie. J'ai rallumé la télé. Le documentaire se poursuivait sur le même ton calme et lancinant. Les formes de vie les plus primitives continuent depuis des millénaires leur tranquille traversée du temps. Regardez ce cœlacanthe, qu'on croyait disparu depuis le pléistocène et qui, dans ces profondeurs, a gardé, loin des turbulences de l'évolution, cette curieuse ossature, mémoire vivante de la période où les poissons, qui allaient rejoindre la terre ferme, avaient encore une structure osseuse. Les fumerolles qu'il contourne sont des rejets du soufre qui vient des entrailles de la Terre, et qui donne chaleur et vie à ces milieux inhospitaliers.

Nous sommes arrivés là où nous devions. Je me contente de le constater. Elle va revenir. Elle regrettera peut-être, nous nous dirons des mots aimables, nous colmaterons tant bien que mal pour tenir encore un peu. Mais tout sera fini quand même. Va-t-elle chercher un travail ? Va-t-elle supporter la gêne, l'appartement va lui manquer, le confort, l'aisance. Si elle demande de rester, je dirai oui. Elle est revenue un peu tard dans la soirée. Elle m'a dit qu'elle voulait rester encore un peu, si je l'acceptais, le temps qu'elle trouve un boulot, qu'elle amorce un nouveau départ.

Notre vie commune n'a jamais été aussi simple et agréable qu'après cette décision. Elle s'est remise physiquement de sa fausse couche. Elle ne me reprochait plus de trop travailler, de ne pas prendre de congés. Je m'intéressais à ses démarches pour trouver une situation. On allait au ciné, on continuait de sortir, d'aller au restaurant. A tel point qu'on se demandait pourquoi on était si bien soudain. A tel point que j'ai presque eu envie de partir en vacances avec elle, là où elle en aurait envie. Mais je n'ai pas osé. Elle était très prise par sa recherche d'emploi. Elle avait une licence en histoire de l'art. Autant dire rien. Elle se souvenait d'étudiantes qu'elle côtoyait, qui étaient juste là pour passer le temps avant de se trouver un bon mari, au cours d'un rallye ou d'un bal de charité et qui, en attendant, faisaient de la paléographie et du latin, et le moment venu abandonnaient tout pour s'occuper d'enfants qui venaient vite, et de leurs intérieurs, ville et campagne, et pour cela seulement, l'histoire de l'art était utile. Elle regrettait même de s'être moquée de ces filles à l'époque. D'une certaine manière, son chemin avait été identique, à part les enfants. L'histoire de l'art lorsqu'on n'a pratiquement jamais travaillé, c'est un diplôme de pochette surprise. Les conseillers qu'elle a rencontrés lui ont d'abord suggéré de faire un bilan de ses compétences réelles et de ses projets de vie. Compétences réelles : maîtrise de l'anglais, suite à notre séjour en Californie. L'autre point l'avait laissée assez songeuse. Te quitter et être autonome, ce n'est pas précisément ce qu'on attend comme réponse...

Finalement, quelque chose s'est annoncé dans un petit musée qui avait besoin d'une nouvelle personne pour leur communication. Celle qui occupait ce poste avant elle partait à l'étranger. Elle a eu un entretien. Le courant, semble-t-il, était bien passé avec la directrice. Elles devaient se revoir quand il y a eu ce coup de téléphone de Patrick. C'était un soir silencieux. C'est moi qui ai décroché. Voilà de nombreuses semaines que nous ne nous étions parlé, pris que l'on est dans la poursuite des jours. Sa voix a toujours été basse au téléphone. Mais là, j'ai à peine entendu les mots qui ont suivi les habituels comment ça va, ça va. Ecoute, Alain, on renonce. Que dis-tu ? On renonce, pour les enfants. Je n'ai pas compris tout de suite ce qu'il voulait dire. Et puis soudain, la phrase m'est tombée sur les épaules. Sur le moment, je n'ai même pas demandé pourquoi, aucune explication. Je ne voyais que notre nom sur la liste, après eux. Cette nouvelle a effacé toute pensée de mon esprit, d'un coup. C'est lui qui a poursuivi alors que je demeurais sans voix. Ce serait très long à expliquer. En gros, cela a pris mauvaise tournure avec leur grand-mère, Irma. Anne en a fait une petite dépression, et on renonce, donc. Peut-être faudrait-il qu'on se voie, si vous pouviez passer un prochain week-end chez nous, ce serait bien. J'ai dit que j'en parlerais à Valérie, et lui n'ayant visiblement pas envie de prolonger, on a raccroché.

Nous avons été décontenancés l'un et l'autre. A peine si nous avons échangé là-dessus. Nous nous sommes couchés en reportant au lendemain. Mais le lendemain matin, nous nous sentions fragiles, elle et moi. J'avais cette curieuse sensation que tout, la tasse de café, le revêtement de la table, le bois des armoires, tremblait légèrement. Et nous n'abordions pas le sujet qui nous occupait tout entiers. Les visages de

Marie et Jean me venaient à l'esprit, brusquement. Valérie me regardait à la dérobée. Je suis parti au bureau sans rien dire. En fermant la porte de l'appartement, j'ai eu l'impression de l'enfermer, de la laisser prisonnière de toutes nos questions. Toute la journée, j'ai pensé à cette station-service à laquelle je rêve, au bord de la promenade, avec vue sur la mer et les palmiers.

Nous avons quand même pris le train le week-end suivant. C'était la deuxième fois depuis l'enterrement que nous faisions le trajet, voyant défiler un paysage identique, avec les imperceptibles changements des feuillages, des champs qui mûrissent, on reconnaît tel bâtiment agricole perdu dans une étendue de verdure, on sait le nom de la localité qui va arriver ensuite, le panneau sur le quai à peine lu le confirmera. Un enterrement, un notaire, et maintenant ? Nous savions que nous allions nous quitter, même si les derniers jours avaient mis entre parenthèses cette fin annoncée. Comment allions-nous trouver Anne et Patrick ? Valérie a eu mal au cœur, un peu, au début du voyage, puis elle s'est vraiment sentie mal. Ses joues étaient pâles comme sous une mauvaise lune. Elle s'est absentée un moment aux toilettes puis est allée au bar. Je l'y ai rejointe. C'est terrible, ce qui nous arrive, m'a-t-elle dit. Quelle curieuse coïncidence. Peut-être nous en voudrons-nous toute notre vie. De quoi ? De rien, justement, on n'y peut rien. Je n'ai pas essayé de comprendre. Comme souvent, je l'ai laissée dire sans rien ajouter. Le reste du trajet s'est passé au rythme des vibrations et des sifflements sourds du train. Je me suis absorbé dans le magazine qui traînait sur le fauteuil, *Rails*. Des reportages montrant des villes reliées par le réseau ferroviaire sur papier glacé. Un marché sous le soleil, des échoppes de produits régionaux, une église romane perdue dans le jaune d'un champ de colza.

La gare m'avait paru plus grande la dernière fois. Nous descendons et regardons autour de nous comme des égarés. Le hall est baigné d'une lumière qui tombe depuis la verrière mi-circulaire autour d'une grande horloge en fer forgé. L'air est très doux. Nous sommes arrivés. Nous regardons l'heure à l'horloge. Le train est un peu en avance. Patrick doit venir nous chercher. Nous avons quelques minutes. Ces quelques minutes ont sans doute été les plus importantes de ma vie. J'ai dit à Valérie : alors, c'est vraiment fini ? Elle m'a dit : oui. Avec la solennité d'un oui prononcé dans une église, dans une église romane au milieu d'un champ de colza. Rentrons alors.

Nous avons pris le train retour. Sommes rentrés et avons prétexté une indigestion de Valérie. Ce qui n'était qu'à moitié faux. Valérie a eu son deuxième entretien et a été engagée. Elle s'est trouvé un appartement près de son travail. Un deux-pièces dans un immeuble ancien. Je vais la voir de temps en temps et on parle de tout et de rien. Le plus souvent, je ne m'assieds pas, on reste debout devant la fenêtre de son salon qui donne sur le petit jardin mal entretenu de l'immeuble voisin et où des poiriers en espaliers tordent leurs moignons contre le mur de briques. Et puis je file. On n'évoque pas ce rendez-vous manqué chez Anne et Patrick. Tacitement, nous avons un mois.

Quand il n'est plus resté que quelques jours, je suis passé un soir chez elle. Elle n'était pas encore rentrée et je l'ai attendue en bas. Je ne sais plus si l'idée est venue d'elle ou de moi. Mais on leur a écrit une lettre, sur la table de la cuisine, dans laquelle on racontait brièvement nos nouvelles vies, notre divorce en cours, et notre décision. "Ils voulaient donner à Marie et Jean une vraie famille. Ce ne sera donc pas possible. Nous en demandons pardon à tous."

Je suis parti avec la lettre et l'ai postée avant de rentrer chez moi. Je me suis dit que c'était la dernière chose sans doute que nous faisions en tant que couple. En la glissant dans la fente de la boîte, je me suis souvenu de l'enterrement, et de ma fuite lorsque tout le monde entrait dans le cimetière. Je revois avec une netteté parfaite le visage de Jean, au moment où il me regarde quitter le cimetière, les cheveux barrant ses joues, ne laissant apparaître pratiquement que les yeux, sous le vent.

Laure Damiani

L'UNIVERS, curieux nom pour un bistrot, pour un lieu réduit à quelques dizaines de mètres carrés et autant de tables et chaises. Nous y avons échangé à peine trois phrases autour des cafés et des bières commandés distraitement et comme par obligation. Personne ne doutait qu'Anne et Patrick prendraient en charge les enfants, les élèveraient et les aimeraient comme leur propre fils. C'était l'évidence. C'était écrit.

Je ne sais pas ce qui s'est réellement passé pour eux, comment ils en sont arrivés à cette décision terrible. Pour Alain et sa femme, en revanche, la fin de leur couple était prévisible, par mille petits signes, mille détails. Et ce n'est pas, comme l'affirme Philippe, la fausse couche de Valérie qui en est la cause, c'était là avant, depuis le début peut-être.

Pour Philippe, la question ne souffre même pas discussion. Ces enfants n'ont presque plus que nous. On ne peut pas se dérober. Je lui ai dit tout de suite que j'étais d'accord lorsqu'il m'a posé la question. Manu et Jeff ont prudemment dit qu'ils n'avaient pas d'opinion. De toute façon, notre avis ne compte pas, a ajouté Manu. Vous ferez encore ce que vous voudrez. Nous en sommes restés là.

J'ai raconté l'événement à ma meilleure copine de boulot. Elle nous admire. Elle, ce n'est pas sûr qu'elle accepterait d'emblée, sans un minimum de réflexion. Les deux autres couples ont tout de même renoncé, m'a-t-elle fait remarquer. C'est vrai. Justement, on peut d'autant moins se défiler, à présent. Je sais que cette réponse n'est pas logique, mais qu'y a-t-il de logique dans cette affaire ? Ce testament, par exemple, sous ses airs acceptables, n'est-il pas un peu fou ? Peut-on disposer de l'avenir ? Cette question nous a laissées songeuses toutes les deux, on a tous tellement peur de ce qui peut arriver demain. Et impossible de faire quelque testament que ce soit, sur notre travail, sur notre vie de couple. Les choses se produisent et puis on s'en accommode, et on vit ainsi de suite. Voilà longtemps que je n'ai plus pensé aux débuts avec Philippe et à ma première grossesse. Si cela n'était pas arrivé, aurais-je jamais eu des enfants, qui peut savoir ? J'ai souvent pensé que c'était une chance d'avoir eu des enfants très jeune, sans le vouloir, par distraction, au sens propre, on oublie un jour la pilule, on croit que ce n'est rien, un jour sur vingt-huit, et puis la vie en est complètement bouleversée. Je sais aussi que, d'une certaine manière, cela m'a arrangée de le croire pour me défendre contre mon père, catastrophé, et tes études, sans diplôme, de quoi vas-tu vivre, et ton copain, va-t-il pouvoir te donner une vie décente, quel malheur, quel échec. On a coupé les ponts le temps pour moi de digérer ces phrases qui blessent – je suis un échec, je vis un malheur, alors que j'étais amoureuse, vivante, pas très consciente de ce qui m'arrivait –, le temps pour lui d'avoir envie de connaître le petit bout d'homme qui était un peu de sa chair. Ce n'est qu'après qu'on remue les frustrations. Oui, je n'étais pas mauvaise à l'école, oui, j'ai commencé des études d'architecture, et pourquoi est-ce que je m'oblige à rester dans ce boulot qui m'use, pour trois francs six sous ? Tout d'abord parce que cela engageait mon père qui avait fait jouer un piston, un ami à lui, pour me placer dans un poste alors qu'aucune compétence de ma part ne m'y autorisait. Ensuite parce que trois francs six sous, c'est encore ça de pris quand les places sont chères partout, qu'on n'est diplômée de rien, et qu'un paquet de couches-culottes coûte ce qu'il coûte, lorsqu'on ne veut pas du bas de gamme qui gerce, dont le coton se divise par paquets inconfortables au bout de deux heures sur les fesses de bébé. On accepte, on oublie même, et de temps à autre reviennent les regrets d'une autre vie. Il suffit d'une petite phrase désagréable du patron, un jour de fatigue, pour que les sédiments remontent à la surface. On soupire, on regarde les stores à lamelles de la fenêtre du bureau, les longues épées vertes de l'amaryllis, on se dit qu'on s'étiole comme cette plante, qui ploie, dont une feuille jaunit sur le bord, que l'on n'a pas coupée encore parce qu'entre les coups de téléphone et les millions de tâches en retard, quand on file le soir, on ne prend pas la minute supplémentaire pour saisir une paire de ciseaux et toiletter la plante.

On s'étiole donc, on se dit qu'on n'a pas eu la vie qu'on aurait pu avoir. Et lorsque je dis ça à Philippe, tard le soir, dans le lit, en regardant le plafond de la chambre, il me répond toujours que personne n'a jamais la vie qu'il veut, tu aurais été architecte, dans un grand bureau, avec des dizaines de chantiers importants, tu n'aurais peut-être pas eu les enfants qu'on a, on se serait peut-être quittés, tu regretterais une vie moins mangée par le travail, les responsabilités, regarde Alain, il rêve d'autre chose, lui aussi. Tous ces mots me sont doux, il n'y croit pas sans doute, mais il sait que je les attends. On tient comme ça, à force d'amour et de sourires, ceux des petits le matin lorsqu'ils se tiennent debout dans le couloir, leur peluche au bras, attendant qu'on les prenne contre son cœur pour les embrasser. Tu as bien dormi ?

Marie et Jean, c'est une sorte de chance pour nous. Une surprise au milieu de notre vie. Il va falloir rajeunir, on va ressortir de la cave les vieilles caisses de jouets qu'on ne se décidait pas à jeter. Comment peut-on jeter des jouets, même vieux et usés ? Je me souviens d'un vide-grenier pour enfants qui s'est soldé par un désastre familial. Le quartier en organisait un il y a quelques années, on avait un petit bout de trottoir pour revendre à dix francs les châteaux forts usagés, les camions de pompier désavoués. Geoffroy pleurait – il avait cinq ans – à la vue de toute tractation qui s'engageait. Ce dont il ne voulait plus prenait soudain une valeur inestimable. Il a fallu tout remballer et rentrer avant que ses cris n'incommodent trop nos voisins de brocante. Nous avons donc presque tout conservé.

J'aimerais pouvoir leur dire spontanément, venez, vous serez bien, on va bien s'occuper de vous. Mais j'hésite. J'ai eu Anne longuement au téléphone. Elle a été un peu vague, un peu compliquée. Elle ne veut pas nous influencer, elle ne veut pas s'étendre sur les difficultés qu'ils ont eues avec la grand-mère, les enfants sont encore sous le choc, savent-ils d'ailleurs pour Alain et Valérie ? Il faut leur laisser du temps. Attends peut-être un peu. Elle nous a invités à passer prochainement, quand cela nous arrangerait. Cette période où l'on a déjà pris la décision et où, concrètement, il ne se passe rien est éprouvante. On voudrait les voir, leur parler. On se projette dans l'avenir, comment on va s'organiser, comment ça va être.

De retour du boulot, le soir, à peine assise, les pieds en canard sur le divan, le corps ballant, j'ai beau passer et repasser les mains sur les yeux, le front, les joues, difficile de se défaire de toutes ces heures vouées au téléphone, des remarques du chef : dites, Laure, le dossier Vitalioz, vous y avez pensé ? Trois fois en deux heures, comme s'il avait oublié qu'il avait déjà posé la question à plusieurs reprises, mais non, il faut toujours avoir quelque chose à dire, quelque chose à reprocher implicitement, attention, je vous ai à l'œil, je vous rappelle qu'on bosse ici, alors que le travail a toujours été fait, parfaitement, en temps, en heure, en précision, et que depuis toutes ces années, il aurait pu se rendre compte qu'il l'aura bien à temps son dossier, que d'ailleurs il n'ouvrira qu'un quart d'heure avant le fameux rendez-vous, et il le sait, aussi bien que tout le reste. Alors, oui, il faut se frotter les yeux et la peau, prendre une douche pour se laver de toute cette crasse de mots. Les garçons le savent à présent que leur mère a besoin de ce moment de transition, de latence entre le dehors et la maison. Ils sont dans leur chambre, je vais les embrasser, je les laisse. Pendant ce temps, ils dressent la table. Leur père rentre en général à ce moment-là, et puis je reviens vers eux, un peu plus détendue, prête à faire le repas en discutant dans la cuisine. Je sais qu'avec l'arrivée de Marie et Jean, l'équilibre des soirées auquel on est habitués va changer.

Un jardin. Pas forcément grand, avec juste l'essentiel : deux beaux lilas, un blanc et un mauve, quelques arbres fruitiers et, au milieu, un petit chemin bordé d'asters et d'œillets. Voilà des années que j'en rêve, il y en avait un comme ça chez ma grand-mère, il a été vendu et je ne l'ai jamais revu. Mais avec les deux enfants, mon petit salaire, augmenté tous les trois ans seulement, à la force d'entretiens pénibles où l'on vous répète qu'on ne peut pas, ou pas beaucoup, vous comprenez, la maison a déjà une masse salariale considérable, et on est encore dans la phase de redressement budgétaire alors, non, ce n'est pas possible, pas cette année, l'année prochaine j'espère, et l'année suivante tant attendue, on vous annonce triomphalement une augmentation, de soixante-dix euros mensuels, vous êtes contente ? et ainsi de suite, pour arriver au bout du compte à un salaire de gagne-petit qui, ajouté à celui de Philippe, est mangé tous les mois, par le loyer, autrefois les crèches et autres baby-sitters, obligé les baby-sitters quand on rentre vers dix-neuf heures tous les jours que Dieu fait, les impôts, l'emprunt de la voiture, les amendes, les charges d'électricité, de téléphone, de gaz, les redevances diverses et variées, la taxe d'habitation, la cantine des enfants, mangé aussi par les caddies de supermarché qu'on remplit chaque samedi. Alors, le jardin et la maison qu'il suppose juste à sa bordure... Pourtant, le jardin... Il serait agréable de s'y promener au printemps, et d'entendre la rumeur des insectes et des feuilles cajolées par le vent.

Je ne parle plus à Philippe de ces rêves idiots. Il le prend comme un reproche déguisé. Il ne gagne pas assez d'argent, mais il ne peut rien faire de plus, ou plus simplement, il n'est pas à la hauteur, il aurait pu être nommé, à l'époque, chef du contentieux, mais c'est Péreire qui a été choisi parce que, lui, il a le sens de ça, se placer au bon moment, choisir les bonnes chaises dans les déjeuners, avoir la conversation qu'il faut quand il le faut, sentir tout ça, et c'est normal qu'ils aient pris Péreire, c'est un type de qualité, avec qui il s'entend bien, rusé, mais humain et travailleur. Et chaque fois, il me ressort la même litanie : tu n'as pas la vie que tu mérites. Je garde donc pour moi mes fantaisies bucoliques, dans le métro, je ferme les yeux au tintement de fermeture des portes, et peut-être que cela suffit, le rêve des choses, plutôt que les choses elles-mêmes, aucun jardin, de toute façon, ne ressemblera plus jamais à celui de ma grand-mère, et nous n'irons plus au bois, les lauriers sont coupés.

En faisant du rangement, je suis tombée sur l'article de journal, à la page des faits divers, que Philippe avait découpé. Quand est-ce que cette photo a été prise ? De nuit, et malgré la mauvaise qualité de l'impression, on voit la lumière du flash sur une des vitres de la voiture. Une heure, deux heures après l'accident ? Qu'a-t-on fait d'eux ? On a constaté le décès, et puis ? Ensachés dans ces housses à fermeture éclair qu'on voit dans les téléfilms quand pareille scène est jouée, ou simplement protégés d'une couverture ? Personne n'a rien dit sur ces instants juste après, ni la mère, ni le père, ni la sœur, personne n'était présent, à part les ambulanciers et la police, on ne saura pas ces choses-là, des détails, comme la calandre pliée de leur Peugeot 504, qui remplit le premier plan de la photo, mais j'y pense souvent, cela me vient par vagues, ces images que je n'ai pas vues, et que mon cerveau invente, pour des raisons qui m'échappent. C'est pareil pour le bruit du crash, il me semble l'entendre, à l'improviste, du métal explose dans ma tête, sourdement, comme si j'avais été sur la route, cette nuit-là, à quelques centaines de mètres devant l'accident, je me serais retournée, étonnée par le fracas déchirant cette nuit calme de campagne endormie, et j'aurais couru, puis j'aurais vu monter jusqu'aux étoiles la lueur soudaine d'un moteur qui prend feu. Je n'ai rien vu, rien entendu, j'ai juste regardé deux cercueils de chêne clair sortir des corbillards sur un parvis d'église. Et nous sommes tous ainsi pris de court par cet accident banal, comme il y en a des dizaines, des milliers de morts sur les routes, tous les ans. Philippe se réveille encore en sursaut et me dit, dans son demi-sommeil, la voiture brûle. Moi, c'est une maison qui brûle que je voyais dans mes rêves les premières nuits. Pourquoi ? Sans doute parce que cela m'obsède, l'idée que Philippe et moi n'avons pas réussi à nous en faire une, à construire un vrai chez-nous, avec le fameux jardin, parce que j'aurais voulu être architecte, ou que sais-je encore. Alain m'avait dit il y a quelque temps que rien ne m'empêchait de reprendre mes études, que cela me ferait finir à un âge un peu avancé, mais que la vie est longue et, en calculant bien, j'aurais vingt ans de carrière devant moi. Il m'avait même proposé de me les payer. Comme si cela suffisait. Nous avons bien besoin de mon petit salaire tous les mois. Mais cela m'a touchée quand même qu'il dise cela. Quand on a appris qu'ils renonçaient pour Marie et Jean, j'ai su en parlant que, lui aussi, avait découpé cet article de journal. Où le range-t-il ? Moi, je l'ai fourré dans une des boîtes à photos, que je rangerai un jour lorsque j'aurai du temps devant moi, pas avant de nombreuses années sans doute, comme cet écrivain célèbre qui, en ouvrant un tiroir, un jour de pluie, les a toutes fait tomber. Elle en a écrit un livre de tous ces clichés, une collègue de bureau me l'a offert, et cela m'a fait penser à cet autre roman que j'ai lu, un prix Goncourt je crois, d'un autre écrivain qui était partie d'une photo d'elle, jeune, sur un bateau. Moi, je me contente de ranger des photos dans des boîtes à chaussures et celle-là, celle de leur voiture broyée, dans la nuit, je n'en ferai pas un roman. Mais si, un jour, il m'arrive de tomber sur elle, par hasard, un jour de pluie, je voudrais seulement qu'elle ne fasse pas naître des regrets de ce que nous n'aurions pas fait.

Je me concentre difficilement au travail. Je tourne une page, je lis une ligne, et tout de suite mon esprit s'en va vers cet amas de pensées et de questions autour de la nouvelle vie qui sera la mienne dans peu de temps. C'est la chambre de Geoffroy que je vois, réaménagée avec des lits superposés, j'en ai repéré dans un catalogue de vente par correspondance qui sont jolis et pas trop chers. Une autre fois, ce sont des vêtements pour Marie qui me viennent en tête, une belle robe un peu mode, en tissu façon jean, je m'avoue alors qu'une fille me manquait peut-être, pour cette connivence particulière que je n'aurai jamais avec mes garçons, comment le prendront-ils ?

Lors de la dernière réunion, je n'ai rien pu écouter, et chaque fois qu'on me demandait mon avis, je ne faisais qu'acquiescer. Au distributeur de café, je peux rester longtemps à simplement entendre le murmure des conversations, en remuant la boisson dans le gobelet en plastique. Tu sais qu'Untel est sur le point d'être démissionné ? Ah oui ? C'est la copine du sous-chef qui va être placée, j'ai entendu dire que c'était une catastrophe. De toute façon, c'est toujours comme ça, si tu veux un meilleur poste, il faut être la femme de quelqu'un. J'aurais certainement renchéri en temps habituel, mais je suis absorbée par autre chose. Seule Eliane sait la mort des amis et la curieuse suite de défections qui nous donne la responsabilité de leurs enfants. Elle me regarde à la dérobée. On retourne dans les bureaux, enfin, si on peut appeler bureau cet *open space* comme on dit aujourd'hui, cloisonné en box où, par l'allée centrale, n'importe qui peut vous voir, en particulier le patron, où d'un réduit à l'autre, on entend tout, les conversations, surtout les téléphones qui sonnent, à côté, un peu plus loin, sur la gauche et puis sur la droite, formant une sorte de maillage sonore qu'on arrive à visualiser, à force de les entendre. Je voudrais quitter ce travail. Ce désir revient avec plus d'intensité tous les six mois depuis qu'Emmanuel a trois ans. Je voudrais quitter tout travail. Ne plus avoir quelqu'un sur le dos, ne plus me réveiller en sursaut parce que j'ai oublié de renvoyer un fax qui n'était pas passé en début d'après-midi. Je voudrais vivre pour moi et pour ceux que j'aime. Tout ce temps perdu pour les autres, pour que cette entreprise fasse du bénéfice et qui, en échange, me verse un petit salaire suffisant à peine à mes dépenses, quel sens cela a-t-il?

Le soir, à table, lorsque nous évoquons la prochaine venue de Marie et de Jean à la maison, les garçons feignent l'indifférence. Emmanuel est assez renfermé ces derniers temps. Pour les résultats scolaires, nous n'avons pas à nous plaindre, il est le premier à peu près dans toutes les matières. On ne l'entend pas, je ne sais pas exactement quand et comment il travaille, mais les résultats sont là. Je me demande s'il n'est pas amoureux. Je sais qu'il écoute beaucoup de musique, allongé sur son lit, le regard au plafond. C'est lui qui m'inquiète, davantage que Geoffroy, le cancre jovial dont tous les professeurs se plaignent, paresseux, mauvais esprit, mais le sourire qu'ils ne peuvent réprimer lorsqu'ils racontent la dernière de ses frasques me rassure, insolent et drôle, peut mieux faire, si Geoffroy voulait, il ferait des merveilles. Curieusement, lui non plus n'a rien à dire sur ces enfants qui vont devenir en quelque sorte leurs demi-frère et sœur. Les garçons plongent le nez dans leur assiette, nous laissent parler. Aux rares occasions où nous les avons explicitement interrogés, ils ont haussé les épaules, non, non, c'est bien. Impossible de leur soutirer davantage. L'autre jour, je sillonnais les allées du supermarché avec Emmanuel. Au rayon des laits et des eaux, j'ai eu du mal à dégager un pack. Il me regardait faire et a dit, sur un ton calme et définitif : tu sais maman, avec Marie et Jean, tu ne vas pas t'en sortir. Je me suis retournée, estomaquée par cette phrase. Il m'a regardée tranquillement, les mains dans les poches de son blouson. Je me suis retenue de lui envoyer une paire de gifles. Je te remercie pour tes encouragements, au lieu de rester planté là bêtement, tu pourrais au moins m'aider à sortir ces six bouteilles. Sa remarque me poursuit encore. Il sait exactement ce qu'il faut dire pour que cela blesse. Il a le sens de ça, il est diablement intelligent. Et cela m'attriste de penser que son intelligence sert cette sorte de méchanceté. Mais peut-être le pense-t-il vraiment. J'ai encore entendu hier soir des sortes de pleurs étouffés en passant devant la porte de sa chambre. Je n'ose pas frapper, je n'ose pas entrer. Je le laisse. Philippe me dit de ne pas m'inquiéter, ça passe, c'est sa crise d'adolescence. Et puis, il a toujours eu ce tempérament introverti et rêveur. Est-ce possible que je ne m'en sorte pas avec Marie et Jean ?

Le patron a demandé à me voir. Il affichait un grand sourire avenant. Je me méfie de ses sourires. Alors, Laure, voilà de nombreuses années à présent que vous travaillez ici. Tout va bien ? Oui, ça va. Que me veut-il ? Je vous trouve un peu préoccupée depuis un certain temps. Pas de souci particulier ? Non. Bon, tant mieux, parce que voilà la raison pour laquelle je voulais vous voir. Nous allons agrandir le secteur dans lequel vous travaillez et engager deux nouvelles personnes. Cela signifie une modification de la structure. Il va falloir une personne d'expérience pour encadrer et organiser le travail. Alors, avec Vanbeek, nous avons pensé que vous étiez la bonne personne. Bien évidemment, cela demandera de votre part un investissement de temps et une disponibilité plus importante, mais je crois savoir que vos enfants sont déjà grands maintenant. Et puis vous êtes une personne sérieuse et pleine de ressources. Je suis sûr que vous attendiez ce genre de défi.

En quinze ans, je n'ai jamais entendu autant d'éloges. Vous attendiez ce genre de défi. Et quoi encore ? Je n'ai rien aimé dans cet entretien. La chose que j'ai espérée pendant tant d'années arrive et cela ne me plaît qu'à moitié. Il faut que je rende ma décision la semaine prochaine. Lorsque j'ai annoncé cette promotion à Philippe, il a sauté de joie, m'a embrassée, a voulu aller chercher une bouteille de champagne. Je n'ai pas eu le cœur de le retenir, mais une

tristesse inexplicable s'est emparée de moi. Il est revenu, a sorti les flûtes. J'ai souri pour lui faire plaisir, on
a trinqué. Il s'est aperçu de mon peu d'entrain. Je lui
ai avoué que, sans savoir vraiment pourquoi, cela ne
me faisait pas tant plaisir. Il a répondu immédiatement : Marie et Jean. C'est pour eux que tu es triste.
Mais tu vas y arriver. Combien d'enfants ont des
mères débordées, et ils ne s'en portent pas spéciale-
ment mal. Et puis tu seras augmentée, forcément,
alors, cela compensera, on aura des baby-sitters. A ce
moment-là, les garçons sont revenus du sport. Geoffroy fait du squash et Emmanuel du jujitsu, cela se
pratique dans le même centre sportif, ils rentrent ensemble. Ils ont hurlé devant la bouteille de champagne et les verres. Geoffroy : Ouah, on ne se refuse
plus rien ici ! Emmanuel : Qu'est-ce qu'on fête ? On
fête la promotion de votre mère, a solennellement
répondu Philippe. Et bien sûr, Geoffroy a eu une remarque désobligeante mais drôle : la promotion ?
C'est comme au supermarché, on te vend moins cher,
promotion du mois, prix spécial, venez tous profiter
de la promotion de la mère. Tu vas gagner beaucoup
plus ? Je ne sais pas encore, j'ai appris cela aujour-
d'hui, on me donne une semaine pour accepter le
poste, et on verra. Eh ben, t'as pas l'air contente, a remarqué Geoffroy. C'est la tristesse de la joie,
oxymore, a déclamé sentencieusement Emmanuel, et
ils sont partis prendre leur douche.

Je ne veux sans doute pas me l'avouer, mais j'ai envie de refuser ce poste. C'est mon premier mouvement, instinctif. Prendre du temps pour répondre, déjà, c'est suspect. Je le sens à certains gestes, à certaines intonations. Je crois qu'ils sont surpris de mon peu d'empressement. Philippe m'a conseillé de négocier avant les conditions. Cela me pèse, ce rapport de forces, devoir mesurer le degré de nécessité que je représente pour eux, la valeur réelle que j'ai dans cette entreprise. J'ai sollicité une entrevue. Mais voyons-nous tout de suite, Laure. Voilà, je voulais savoir quelles étaient les conditions de l'évolution que vous me proposez. Je suppose que je bénéficierai d'une augmentation, alors je voulais savoir ce que vous comptiez faire exactement. Le visage faussement jovial s'est tendu. Bien sûr, vous serez augmentée. Mais votre réponse dépend-elle de ces conditions ? Vous m'étonnez, Laure. L'avenant à votre contrat n'a pas encore été rédigé, mais je ne crois pas qu'il soit sujet à négociation. Vous aurez l'augmentation contractuelle. Voyez la convention collective. C'est tout ? Oui, c'est tout.

Revenue dans mon box, je digère le ton cassant, le mépris habituel. Pas sujet à négociation. Garde à vous. Repos. Je ne vaux rien pour eux. Je suis corvéable à merci. Je vais refuser le poste qu'ils me proposent. Ils ont trouvé le moyen de prendre à peu de frais un chef de service. Je suis la solution pratique et économique. Eh bien tant pis, envolée la solution pratique et économique. Dans la convention collective, que j'ai malgré tout feuilletée, par acquit de conscience, j'ai vu le montant minimum contractuel d'augmentation dans mon cas : soixante-dix euros, encore moins que les deux augmentations que j'ai obtenues en quinze ans... J'ai éclaté de rire toute seule. Eliane m'a entendue et est venue me voir. Alors, on se marre ? Je ris pour ne pas pleurer. Elle s'étonne à peine de ma déconvenue. Tu t'attendais à quoi, à un traitement humain et correct ? Elle s'appuie contre les armoires métalliques, et elle vacille un peu, on a beau mettre des cales, ces rangements n'ont aucune stabilité, elle finit par poser une fesse sur le coin du bureau. Elle se rapproche de moi. A ta place, je réfléchirais avant de refuser. Ils vont t'en vouloir et ils ont les moyens de t'emmerder ensuite. Le boulot sera quand même plus intéressant, même si tu es payée pratiquement pareil, tu y gagnes de ce côté-là. Et Marie et Jean ? Eh bien, ils auront une nouvelle mère qui travaille beaucoup, et ils en seront fiers. Les mots qu'elle a employés, nouvelle mère, m'ont fait un drôle d'effet. Je n'ai jamais pensé être une nouvelle mère pour eux, j'ai trop bien connu la leur, j'aurais honte à vouloir la remplacer. Légalement, nous serons simplement leurs tuteurs. Il n'est pas question d'adoption. Eliane me voit perdue dans mes pensées. Elle se lève du bureau. Laure, tu devrais te reposer, tu m'as l'air épuisée.

En sortant des bureaux, Eliane m'a proposé d'aller prendre un verre. Il fait très doux. Je ne m'étais pas encore rendu compte de la douceur de la saison. Depuis leur mort et l'enterrement, je ne vis plus vraiment. Mon corps est comme noué autour de l'événement. Il n'y a qu'au cours de yoga que je me détends un peu, mais ces derniers temps, par paresse, je ne m'y suis pas rendue. Assise à la terrasse du café, je respire. Une sorte de détente flotte dans l'air. Le ciel est presque blanc au toucher des toits, pourtant tout est encore très lumineux. Dans le petit square, juste à côté, on tond les carrés de pelouse. L'odeur de l'herbe coupée est forte. Eliane n'est pas mariée, n'a pas d'enfant, n'en veut surtout pas, vit seule dans son appartement et ne pourrait pas supporter que quelqu'un vienne perturber son intérieur, l'ordre de son existence. Elle veut pouvoir dormir en travers du matelas, fumer au lit, faire les courses à neuf heures du soir si ça lui chante. Elle ne comprend pas mon inquiétude pour Marie et Jean. Moi, je prendrais le job, je renoncerais aux enfants, et basta, ils ont une grand-mère tout de même ces enfants, ce ne serait pas la première fois que des enfants seraient élevés par leur grand-mère ! Quelle idée saugrenue que ce testament. Je la laisse dire. Elle se ravise : je vois que je te choque, mais, Laure, et toi ? Moi, je ne sais pas. Nous nous sommes levées, nous avons longé le square où les jardiniers ont fini de tondre, cela laisse de larges bandes aux deux nuances de vert alternées, je vais vers mon métro. Elle, part à pied.

La réaction de Philippe a été très inattendue. Je l'ai rarement vu dans une telle colère. C'était soudain comme si j'avais trahi quelque chose entre lui et moi. Pourtant, il s'agit simplement de continuer notre vie comme elle l'a toujours été et d'accueillir Marie et Jean plus sereinement. Mais c'est cela que tu veux, en fait, continuer cette vie-là ? Alors que depuis toutes ces années, tu n'as cessé de te plaindre, de gémir sur ton sort ! On te propose autre chose et tu recules. Est-ce qu'on m'a proposé, à moi, ce genre de possibilité professionnelle ? Mais qu'est-ce que tu as dans le crâne pour te mettre dans de telles situations ? Et bien entendu tu n'as pas été capable de négocier l'augmentation à laquelle tu as droit, parce que tu as peur, parce que tu as peur de tout. Cela ne m'étonne pas finalement que tu te sois laissé écraser dans cette boîte. Tu es la proie idéale pour eux. Bien gentille, bien soumise, discrète, travaillant en silence. Quel gâchis.

J'ai encaissé toutes ses paroles, les unes après les autres. S'il n'y avait pas eu les garçons, pas loin, dans leur chambre, je crois que j'en aurais pleuré. Mais j'ai tenu. Après le mot "gâchis", il s'est assis à la table de la cuisine, sonné par tout ce qu'il venait de cracher, en quelques secondes. Il a murmuré : pardonne-moi. Je n'ai rien répondu. Je l'ai regardé. Je me suis demandé quelle était cette force qui nous broyait, petit à petit. La nécessité de l'argent pour vivre, du travail qu'il faut pour cet argent, du temps passé à cela uniquement, où l'on vend sa vie pour des chiffres d'affaires. J'ai pensé qu'on allait encore avoir un découvert à la fin du mois, il y a l'inscription trimestrielle à la salle de sports qui tombe, je l'avais oubliée, et la nouvelle raquette de squash pour Geoffroy. Je vais donc accepter. On verra ensuite.

Ça n'a pas été facile d'avaler leurs couleuvres. De voir le montant écrit noir sur blanc, et de signer quand même. Vous avez l'air réticente, Laure, quelque chose d'autre vous tracasse ? Je m'étais juré de ne rien dire et, je ne sais pas pourquoi, je me suis laissée aller à la confidence. Des amis sont morts dans un accident de voiture et nous allons élever leurs deux enfants. Cette décision vous honore, Laure. Mais pourquoi ne pas en avoir parlé plus tôt ? Il me semble que nous avons ici une gestion du personnel plutôt humaine. Vous pensez que ce sera un frein pour assumer vos nouvelles responsabilités ? Je l'ai senti venir. Je ne vous demande pas bien sûr de me répondre tout de suite. Mais c'est quelque chose que nous garderons en tête. C'est pour vous, bien entendu, il faut que vous puissiez tout mener de front sans vous tuer à la tâche...

J'ai toujours été fascinée par cette capacité de la direction à tenir un double langage, à jouer de l'ambiguïté. Je suis un type sympa et humain. Et sous l'eau des phrases, calme et douce, l'ombre des roches aiguisées : vos problèmes personnels, on n'en a rien à faire, si vous n'y arrivez pas, on vous éjecte. La menace n'a jamais été prononcée, mais elle existe bel et bien et le message est passé. On doit malgré tout prendre congé, quitter son bureau, avec la même civilité.

Il me tarde à présent de revoir Marie et Jean. De leur parler. J'ai appelé Anne pour répondre à son invitation. Le week-end prochain, ce serait bien. Elle m'a proposé de loger chez eux, ils ont des combles aménagés depuis peu, on pourra tous y dormir. Malheureusement, Jean et Marie sont chez leur grand-père dans le Sud. Mais on sera très heureux de vous voir. Venez. Avec l'absence des enfants, un mauvais pressentiment m'est venu. Mon impatience est à chaque fois déçue. Au son de sa voix, j'ai senti qu'Anne, elle, allait beaucoup mieux. Je le lui ai dit. C'est d'accord, on vient. Les garçons n'étaient pas emballés par la perspective de ce week-end à la campagne. Emmanuel veut réviser, les examens sont tout proches. Ils ont affirmé avec aplomb qu'ils pouvaient tout à fait rester seuls un jour et demi. On a hésité. Et puis, oui, pourquoi pas. A seize ans, c'est possible. On est donc partis, après mille recommandations.

Philippe est content que nous partions seuls sans les garçons. Dans le hall de la gare, je regarde l'immense horloge ronde qui surplombe les passants. J'ai toujours trouvé belles ces horloges, si j'en avais le loisir, je ferais une série de photos dans toutes les gares, dans les grandes comme dans les petites de province, en choisissant les heures, identiques, pour capter la différence des ciels qu'on voit à travers les verrières, les nuances des lumières au petit matin, sur les murs, autour du cadran, ou au couchant. Mais je ne sais pas prendre de photos. Je n'ai jamais utilisé qu'un petit Instamatic vieux de quinze ans.

Au détour d'un couloir de la gare, je me vois par surprise dans un miroir. Puis Philippe juste derrière. Parfois, je me dis qu'il ne me reste que ça. Etre une femme plutôt belle, avoir ce charme dont on me parle, on ne peut pas me l'enlever, et je ne suis peut-être que cela, cette enveloppe, cette apparence. Philippe me regarde aussi dans le miroir. Il dépose le sac de voyage et m'enlace. Nous voilà à nous embrasser dans le sas d'une gare, j'entends dans la nuit de notre baiser les pas des gens qui nous frôlent, il me reste cela aussi, cet amour qui perdure, à travers les phrases blessantes, les lassitudes, comme une plante sauvage qu'aucune main qui passe pour arracher, qu'aucune sécheresse, n'empêche de repousser, inexorable à travers les pierres. Les yeux fermés, mon visage dans le sien, je me souviens l'avoir su à notre premier baiser, que c'était un lien définitif, et j'étais si jeune pourtant, et le goût de sa bouche est toujours le même, sauvage, cela pourrait durer, rester collés, ainsi, pour ne plus avoir peur.

Je me suis endormie dans le train. Nous étions partis aux aurores et cette semaine m'avait épuisée. Nous sommes arrivés en milieu de matinée. Patrick nous attendait, avec son petit air distrait et son sourire un peu moqueur. C'était bien de le revoir, d'entrer dans sa voiture, de parler de tout et de rien. Vous avez fait bon voyage ? On annonce du très beau temps, on pourra peut-être faire un barbecue demain. La même campagne défile, celle qu'on a vue pour aller chez le notaire, celle de l'enterrement, mais à présent les champs de blé sont verts et les maïs déjà hauts. On prend la nationale qui traverse leur village. En passant, Patrick nous dit que c'est là. Il montre un coin de prairie banal, avec quelques vaches au loin. On regarde distraitement, impossible de comprendre que c'est vraiment là que tout a fini. De l'herbe grasse et drue, des arbres, un fossé où poussent des petites fleurs mauves. C'est tout.

C'est Augustin qui est venu nous ouvrir la porte. Maman! Maman! Ils sont là. Anne est arrivée, avec cette nonchalance bien à elle. On s'embrasse, on se dit qu'on est contents de se voir. Augustin folâtre autour de nous. On lui offre un cadeau, un avion en bois à monter, l'avion jaune de Tintin dans *L'Or noir*. On visite les combles aménagés. Il y a deux pièces sous les poutres du toit, très sobres, quasi monacales : un lit de bois blanc, deux tables de nuit de la même facture, une penderie. Couvre-lit crème. On sait que ces chambres étaient prévues pour Marie et Jean. Mais on ne dit rien. Il suffit de le savoir. Nous visitons presque religieusement, en silence. Je n'ose même pas faire un compliment. Nous avons déposé nos bagages et sommes redescendus. L'apéritif était prêt dans le salon, nous avons trinqué à l'avenir, sans effusion. La conversation a eu des sortes de hoquets, suivis de silence, une phrase sur le temps qu'il fait, sur les garçons – pourvu qu'ils ne fassent pas de bêtises seuls –, et puis qui retombe dans le vide. D'habitude, ce genre de réunion se faisait toujours à six avec les enfants. Les nôtres n'ont pas voulu, Marie et Jean sont chez leur grand-père. Je ne me souviens pas très bien de ce grand-père. Je pose quelques questions à son sujet, pour meubler. Ah oui, ancien contremaître de chantier, d'origine très modeste, un gars un peu renfermé mais gentil. Il habite à présent avec sa nouvelle compagne dans le Sud. La conversation est lancée, Augustin passe cérémonieusement avec les plateaux de petits toasts. Le repas sera très agréable, on fera comme s'il n'y avait pas, à quelques centaines de kilomètres, deux enfants que le destin va lier à nous, comme si tout était normal, que non loin de là, l'herbe a recouvert les traces de pneu dans la boue et la terre a cicatrisé, à l'endroit du drame. Patrick, pendant qu'Anne est partie à la cuisine, nous dit très brièvement qu'avec Irma, leur grand-mère, cela a été intenable et que c'est pour le bien des enfants eux-mêmes et pour Anne, qui n'a pas supporté la pression psychologique, qu'ils ont renoncé. Mais bien entendu, pour nous, c'est différent, nous habitons la ville, loin d'elle, c'est une chose excellente, il fallait sans doute une rupture de ce genre. Ce seront les seules explications que nous aurons sur leur renoncement.

Après le café, Anne a proposé une petite marche. J'y pense depuis que je suis arrivée : est-ce que cela vous dérange si l'on passe au cimetière ? Non, non, bien entendu. Nous sommes allés à pied par la rue principale, en passant devant un fleuriste, je me suis arrêtée pour prendre un montage de bruyères. Nous marchons tous les cinq dans le calme de cette rue de campagne, sous un soleil qui aplatit les façades, nos ombres avancent, en une procession un peu curieuse, je tiens le pot de fleurs, nous nous taisons. Au cimetière, la pierre tombale lisse et sobrement ornée ne me fait pas l'effet auquel je m'attendais. C'est une tombe comme une autre, je dépose les bruyères. Je me serre contre Philippe. On fixe leurs noms et les dates juste pour poser son regard quelque part. Patrick fait les cent pas un peu plus loin dans l'allée. Anne doit empêcher Augustin de passer d'une travée à l'autre sur les rebords des tombes. On abrège. On revient par des petites rues adjacentes, pour éviter la nationale qui traverse la localité, on passe devant les fenêtres à rue, les petits rideaux dentelés, les chats de faïence posés le museau vers l'extérieur, les habitations sont anciennes, les pierres de seuil usées. Une torpeur d'après-midi de week-end passe par là. Je pense que Marie et Jean, en venant chez nous, ne connaîtront pas l'ennui de ces dimanches au village, la mélancolie inévitable des heures où rien ne se passe, sinon le rythme de la petite vie domestique, avec pour horizon les haies des prairies ou le pommier des voisins qu'on voit depuis la fenêtre.

Nous faisons un crochet jusqu'aux étangs du manoir. C'est un domaine public où l'on élève des cygnes. Des panneaux rappellent l'interdiction de

nourrir les animaux. Et la chanson "V'là l'bon vent"
qu'Anne entonne, Augustin la poursuit, sans mollir,
il la chantonnera jusqu'au retour à la maison. Café et
gâteau. Patrick m'interroge sur mon travail. Et je me
surprends à présenter de manière idyllique la promotion qu'on m'a proposée. Enfin des responsabilités
qui me conviennent, il était temps, c'est le bon âge. Et
eux d'opiner. Philippe se tait. Augustin va jouer un
petit morceau au piano. Il faut qu'il joue en public,
commente Anne, c'est toujours un bon exercice. L'air
est simple mais Augustin n'a pas cinq ans. Pas une
seule fausse note. On s'extasie. Geoffroy chante faux
comme une casserole, quant à Emmanuel, il a gra-
touillé un peu la guitare mais semble s'en désintéres-
ser, alors même qu'on a investi dans une guitare
classique de bonne qualité, je me demande si on ne
va pas la revendre. Anne me le déconseille. Il ne faut
jamais revendre un instrument, on ne sait jamais.
L'après-midi se passe ainsi, grave et légère. Triste
et insouciante. Le soir, j'appelle à la maison. C'est
Geoffroy qui répond. Oui, oui, t'inquiète pas, tout va
bien. Oui, on a mangé les lasagnes. Mais oui. Je te le
passe ? Et l'autre, le grand, doit faire des signes déses-
pérés à son cadet pour ne pas me parler, je le vois
comme si j'y étais. Ben, en fait, il est dans la salle de
bains. Mais oui, ça va. Oui, ici aussi, il a fait très beau.
A demain.

Lorsqu'on se couche le soir, dans cette chambre sous les combles, regardant par la fenêtre dans le toit le ciel bleu sombre, pas encore noir, j'ai un poids sur la poitrine, que je ne parviens pas à chasser. C'est une anxiété diffuse. Je m'endors droite et crispée. Et je fais ce rêve curieux. Je suis dans une sorte de chaumière, au crépuscule. Elle est faite au rez-de-chaussée d'une seule grande pièce. Deux enfants sont allongés dans un lit au fond. Ils ne dorment pas. Je vais vers eux et je les prends dans les bras. Nous sortons de la chaumière qui se trouve dans une clairière. Autour, des bois épais et sombres. Nous nous enfonçons dans un chemin. Les enfants en marchant chantent la chanson "V'là l'bon vent". Soudain, je quitte le chemin et me cache derrière un arbre. Les enfants ne s'en rendent pas compte tout de suite. Je cours alors à perdre haleine. J'entends au loin leurs appels et leurs pleurs. Je pleure aussi, et en courant, je me rends compte que je suis un des enfants, et que je cours pour retrouver ma mère. Je pense : non, je ne veux pas qu'on m'abandonne.

Quand je me réveille, l'angoisse de ce rêve crispe encore mes mâchoires. Le carré de ciel dans le toit de la chambre est d'un bleu azur. Une douce lumière passe sur les murs et le plancher. Philippe dort encore. Impossible de comprendre exactement ce rêve, impossible de démêler les éléments de l'histoire.

Peut-être est-ce l'angoisse de mon enfance qui est remontée à l'improviste, celle du départ de ma mère nous quittant mon père et moi pour un autre homme. Mais je suis soudain très heureuse d'être là, dans le matin calme, avec une belle journée qui s'annonce. Le reste a peu d'importance. Je me lève, Philippe se retourne en poussant un vague soupir. Le petit déjeuner sera très agréable. Augustin chantonne à nouveau "V'là l'bon vent" et, soudain, une pointe d'angoisse me perce à nouveau les épaules.

Patrick propose de ne rien faire de la journée. Je suis sûr que vous n'avez pas envie de commencer un marathon ou d'entreprendre des visites effrénées. La matinée est déjà avancée. Il se propose d'aller tranquillement mettre en route le feu de son barbecue. On l'accompagne au jardin et il nous montre les dernières plantations, assez saugrenues. Il a commencé une petite collection de mauvaises herbes. Classées et méticuleusement placées dans un carré. Démonstration : beaucoup de mauvaises herbes sont en fait des fleurs ou plantes d'agrément mais à l'état sauvage, exemple ces géraniums (ne pas confondre avec les gros pélargoniums ventripotents des bacs à fleurs) aux feuilles brunâtres et délicatement dentelées, exemple ces mauves aux longues feuilles velues et argentées. La notion de mauvaise ou de bonne herbe est une question de degré et de domestication, on peut décorer un jardin de mauvaises herbes pour peu qu'elles soient organisées, mises en ordre et séparées, mélangées savamment. C'est en fait la même chose pour les individus dans un ordre social. Et Patrick d'annoncer fièrement un prochain article canular sur le sujet. On ne sait jamais s'il plaisante vraiment lorsqu'il regarde ses interlocuteurs en plissant les yeux. La visite guidée du jardin n'a guère fait avancer le feu, mais on profite de l'air si doux, de la pelouse tendre sous le pied et des paroles légères. Qu'est-ce que vous avez lu récemment? Rien, j'avoue ne plus lire, pas le temps. Je vais dans une librairie, j'ouvre au hasard des romans sur les tables, et rien ne m'accroche jamais. Evidemment, ce n'est peut-être pas une bonne manière de procéder, une phrase extraite ainsi, sans connaissance du contexte, est toujours sans intérêt, "le chef de service a demandé à vous voir", est-ce que c'est de la littérature? Et chacun, pour des raisons différentes, a fini par avouer qu'il ne lisait pratiquement plus de romans. Mais quelle importance? Augustin court en tenant haut l'avion en bois que nous lui avons offert. Vous avez bien fait de venir ce week-end car on annonce de nouveau des pluies à partir de demain, regardez comme les hirondelles volent bas. Vite, vite, le feu pour le barbecue. Et puis l'apéritif, et puis les brochettes, les tomates séchées, les fromages, les fruits, le café pour finir. On prendra le train de quinze heures plutôt que le dernier du soir, je préfère rentrer assez tôt. Avec les enfants, il risque d'y avoir du travail de rangement, on aurait aimé rester, mais bon. C'était très agréable. Merci pour tout. Les tasses de café traînent sur la table, à l'ombre du parasol, on se lève lentement. Philippe part prendre notre bagage dans la chambre. Avec Anne, on échange encore quelques mots. On reviendra bien sûr, pour les enfants, on les appellera dès qu'ils seront de retour. Je redoute de téléphoner à la grand-mère. Mais non, me rassure Anne, ne t'inquiète pas, avec vous, tout se passera bien. Sa maison est bien celle qui fait l'angle, près du marchand de journaux ? Oui.

On s'embrasse, on se dit à bientôt, on monte dans la voiture et on reprend la nationale, on repasse devant le lieu de l'accident, je regarde intensément ce coin de campagne banàl, Philippe, sur le siège avant, parle de son travail avec Patrick. J'écoute à peine leur conversation. J'imagine la vie heureuse qu'ont eue Marie et Jean jusqu'ici, dans ce coin de province, leur mère à la maison, qui va les attendre à la sortie de l'école (moi, je n'ai presque jamais pu aller chercher mes enfants à l'école), leur maison, grande, avec leur chambre, à chacun, je m'en souviens un peu, petits nids douillets, le grand pouf en forme de poule dans lequel Marie se roulait, la collection de boîtes à meuh sur l'étagère de Jean, tout ce qu'ils vont perdre, qu'ils ont déjà perdu, qu'ils ne retrouveront jamais malgré tout l'amour qu'on pourra leur donner, ce sera le maigre espace de notre appartement, la baby-sitter qui les attendra sur le trottoir devant notre école, où passent des bus et des énervés au volant, la longue attente du soir, les deux garçons qui seront gentils mais sans doute maladroits, des drôles de frères qu'ils n'auront pas choisis. Je me trouve pauvre et démunie, on n'a que ça à leur offrir.

On avait peur de rater le train, on est vingt bonnes minutes en avance. Patrick arpente le hall, les mains dans les poches. Il dit à notre intention mais comme pour lui puisqu'il continue de fixer les grandes dalles grises du sol : ils sont bien ces enfants, ils ont une force de caractère peu commune, vous verrez. Marie a une passion pour l'histoire du Petit Poucet, qu'elle commente abondamment. Des enfants dans une forêt qui retrouvent le chemin de la maison grâce au petit dernier, c'est elle la petite dernière. Elle m'a dit que sa mamy lui avait assuré qu'un jour ils retrouveraient leur papa et leur maman, mais dans très très longtemps. Il nous regarde. On ne rétorque rien. Le train est annoncé. On se dirige vers le quai. On se salue de la main à travers la vitre du compartiment. Je n'avais pas pensé immédiatement au Petit Poucet. C'est l'histoire sous mon rêve.

Au retour, la surprise est de retrouver l'appartement tel que nous l'avions quitté. Ils sont assez fiers d'eux, les deux échalas qui nous ouvrent la porte. D'un air négligent, ils nous répondent que oui, tout s'est très bien passé, pas de problème. Ouvrent ostensiblement la porte de la cuisine où rien ne traîne. Dans le salon, Geoffroy va jusqu'à remettre un coussin sur le canapé, dans l'alignement d'un autre. Nous nous retenons de rire. On se raconte les menus événements. Et puis la semaine reprend. Au travail, pas de changement notable encore. On me dit que des recrutements sont en cours pour les deux nouveaux collaborateurs. Beaucoup de réunions d'information sur la réorganisation du service, les nouveaux objectifs à moyen terme. Je m'étonne qu'à aucun moment on ne me consulte pour ces collaborateurs, mais j'attends. Le patron me fait des sourires mielleux. Mais je suis plutôt contente. Je me suis décidée à appeler la grand-mère. Il faut les inviter ici, pour qu'ils voient l'appartement, le quartier, leur future école. Il nous a semblé sage, avec Philippe, d'attendre la rentrée des classes pour leur emménagement. D'ici là, ils pourront se familiariser avec leur nouvel environnement, et avec nous aussi. Le soir choisi, j'ai les mains moites avant de saisir le combiné. C'est la première fois que je parle à cette personne depuis la réunion chez le notaire. Bonsoir madame, Laure Damiani au téléphone.

Oui, bonsoir chère madame. Comment allez-vous ? On fait aller. Ça va. Et vous ? Ça va aussi. Je vous appelle pour vous demander ce que vous pensez d'une visite des enfants chez nous un prochain week-end ? Bien entendu, nous vous invitons également. Je pensais bien que vous alliez m'appeler, mais je crois préférable de les laisser seuls avec vous. Je me suis déjà renseignée, figurez-vous, les chemins de fer ont un service jeunes voyageurs non accompagnés, un contrôleur prend soin d'eux durant le voyage. Je ne pense pas que cela pose un problème.

Je m'attendais à tout sauf à cette collaboration bienveillante. J'avais cru devoir ruser, jouer de la diplomatie, et voilà que tout se déroulait sans accroc. Que s'est-il réellement passé avec Anne et Patrick ? Il a donc été convenu d'un week-end. On se rappellerait pour les précisions sur les horaires. Et, bien sûr, il faudrait se voir, entre adultes, pour l'organisation plus générale à venir. Si cela vous est possible, je vous inviterai chez moi. Mais rien ne presse. Oui, mon mari et moi, avons pensé à la rentrée scolaire. C'est cela, cela paraît la meilleure solution. Comment avait-elle pu être la femme impossible que nous avait rapidement esquissée Patrick ?

En prévision de leur visite, nous avons commencé activement les aménagements de l'appartement. Même s'ils ne venaient qu'en septembre, il faudrait qu'Emmanuel et Geoffroy s'habituent à la future co-habitation. Il y a des magazines de décoration par dizaines qui offrent des dossiers spéciaux intitulés : "Enfants, ados : à deux dans la même chambre". Des manières astucieuses de placer des lits superposés, de placer des séparations pour les bureaux. Cela me plaît assez de penser à ces modifications, à leur meilleure disposition pour le moindre coût. Mes anciens rêves d'architecte y trouvent peut-être une sorte de réalisation inattendue, un peu pathétique, j'en ai bien conscience lorsque j'arpente le magasin grande surface de meubles à la recherche de lits superposés, de bureaux, d'accessoires de toutes sortes. Philippe suggère d'engager les frais au fur et à mesure, mais l'échéance de cette visite m'angoisse, il faut que les enfants aient une bonne impression, que leur future chambre leur paraisse agréable et celle des grands aussi. Je me demande si on ne devrait pas repeindre la cuisine qui est un peu défraîchie. J'ai pris rendez-vous à la banque pour un petit emprunt à la consommation, histoire de ne pas attendre. Le soir, je me mets à la peinture. Les garçons râlent au petit déjeuner contre l'odeur de white spirit. Quand on prend le café, c'est horrible, maman, pourquoi tu la repeins cette cuisine ? Tous les matins, ce sont les mêmes plaintes. Mais je suis assez contente de l'effet. Cela change tout, cela fait propre, les meubles sont de nouveau mis en valeur, en particulier le vaisselier en pin sur lequel j'ai posé quelques nouvelles plantes vertes. J'ai accroché aussi des stores aux deux battants de la fenêtre, cela éloigne un peu la cour et les immeubles qui nous font face. Les lits superposés ont été livrés en notre absence. Nous passons une soirée, presque une nuit à les monter. On remise les anciens lits à la cave. A deux heures du matin, dans l'escalier, Philippe peste. Les voisins vont nous entendre, comment veux-tu qu'on fasse ? Heureusement qu'Emmanuel est costaud. J'orchestre la manœuvre.

Le déménagement progressif des affaires de Jeff dans la chambre de Manu a été douloureux. Il n'a pas prétendu dormir avec l'aîné. La nuit, il déplaçait son matelas et dormait par terre dans son ancienne chambre. Nous avons eu une grande explication un dimanche matin où nous avions encore constaté sa migration nocturne. Jeff s'est écrié qu'il n'en avait rien à foutre, qu'il ne céderait pas. Nous n'avons rien dit. Il s'est enfermé toute la journée en mettant la musique à fond.

Lorsque je parcours les pièces de notre appartement, je trouve qu'il est plutôt accueillant et chaleureux, même s'il n'est pas immense. La cuisine repeinte a bonne mine, le salon est assez cosy, la salle de bains claire et fonctionnelle, les deux chambres d'enfant sont réussies. Je suis sûre qu'il fera bonne impression, même s'il n'a pas le charme des grandes maisons à la campagne auxquelles ils sont habitués. Leur maison était particulièrement belle, leur mère avait du goût et peignait des toiles qui faisaient beaucoup d'effet. Je me souviens de ce long paysage qui se trouvait au-dessus d'un corps de buffet dans la salle à manger, une superposition de traits verts et jaunes terminée par une bande bleu nuit qui donnait encore plus d'éclat aux jeux de verts. Que sont devenus les peintures, les objets, tout ce qui composait cette maison?

Les jours consacrés aux aménagements, je ne les ai pas vus passer. A peine si le travail au bureau a occupé mon esprit. Heureusement, on est encore en pleine période de réunions, de discussions, tout ce remue-ménage avant de passer aux choses sérieuses. Le patron m'a demandé, sur un ton anodin, si notre "affaire d'adoption" se passait bien. Je n'ai pas voulu le contredire et entrer dans des explications trop compliquées. J'ai juste répondu que oui, cela suivait son cours. Notre affaire d'adoption, il a de ces expressions, comme s'il s'agissait d'une affaire à traiter, comme une autre, un rachat d'entreprise, une fusion-acquisition. Le vendredi, je suis restée un peu tard au bureau pour rattraper quelques dossiers. Dans le métro, de retour à la maison, il y a du monde, ceux qui comme moi se sont attardés au travail, et les autres qui vont au cinéma. On se croise, tous silencieux, se regardant sans se voir, les stations défilent, les mêmes depuis tant d'années. Un type est debout, se tient à une barre, il se retourne, regarde les voyageurs : "Mesdames, Messieurs, sauf le respect que je vous dois, je suis sans emploi et je suis tombé dans la décadence". J'en vois certains qui sourient de l'expression. Les gens descendent, vont vers leur séance de cinéma, rentrent chez eux, ils raconteront peut-être même cette faute de français du clochard dans le métro, et la famille sourira à table. Comme moi. Emmanuel commentera avec son petit ton de bon élève qu'en l'occurrence, c'est pareil, déchéance ou décadence, c'est une chute à chaque fois, mais ça n'a plus le même sens usuel, pas de quoi se moquer.

Nous avons rappelé la grand-mère le samedi. La date est fixée, l'horaire précisé, tout est au point. Il lui restera à nous téléphoner leur numéro de wagon, pour aller les chercher sur le quai, sans qu'ils aient à se déplacer. De toute façon, ils seront accompagnés par un contrôleur. Je sens une pointe d'anxiété dans la voix d'Irma, et je la comprends. La perspective de leur prochaine visite rend tout le monde un peu nerveux, en particulier les garçons. Philippe les emmène faire un petit jogging au parc. Et je reste à la maison, dans leur future chambre, presque vide, puisqu'on est convenu qu'ils apporteraient tout ce qu'ils pourraient de leur ancienne chambre, qu'ils ont déjà transféré dans la maison de leur grand-mère. La tante est encore là. Sans cela, elle ne pourrait pas, trop fatigant de s'occuper d'enfants de cet âge, surtout d'une petite de quatre ans qui va encore à l'école maternelle. Dans cette chambre où il n'y a que les lits superposés que nous avons achetés, j'essaie d'imaginer ce que sera leur vie ici. L'école où ils devront se faire de nouveaux amis, la mamy qu'ils ne verront que de temps en temps, certains week-ends, le quotidien ici, les devoirs pour Jean sur son petit bureau, qu'on placera comme celui de Geoffroy sous le lit, la petite confrérie qu'ils vont sans doute former avec les grands, dans l'attente de notre retour le soir, et puis ce trou béant de l'absence, que rien ne comblera, autour duquel s'organisera le reste, comme une ronde autour du néant.

Le patron a encore demandé à me voir. Manières affables. Mais asseyez-vous donc. Pour l'instant, vous avez dû vous en rendre compte, l'équipe que nous souhaitons mettre en place n'est pas montée. Il nous a semblé que pour le moment, vous pourriez prendre en charge la première étape de l'évolution. Bien entendu, vous serez secondée. Vous verrez cela plus précisément avec Morel. Des questions ? Qu'entendez-vous par "première étape" ? Laure, vous m'étonnez, on dirait que vous n'avez assisté à aucune de nos discussions au sein de l'entreprise. J'ai abandonné l'idée de pouvoir échanger réellement avec lui. Je me suis abstenue de toute réponse, nous nous sommes quittés comme ça. De retour dans mon box, j'appelle Morel. Voix enthousiaste. Mais oui, Laure, voyons-nous. Rendez-vous est pris. Je me rends compte que le patron n'a évoqué à aucun moment un changement de bureau, de nouveaux avantages liés au poste. Et je suis toujours là, dans ce box, avec mon amaryllis qui lève les bras au plafond devant les stores à lamelle de ma fenêtre. Je dois donc voir Morel, je serai secondée, paraît-il. Eliane à qui j'en parle me conseille de ne pas m'impatienter. A son avis, eux-mêmes ne savent pas ce qu'ils vont faire exactement. En attendant, ils me prennent vraiment pour une idiote. Mais oui, Laure, ils nous prennent toutes et tous pour des cons. C'est la règle. Le mépris du personnel, c'est intégré dans les lois de l'entreprise, c'en est peut-être même le ciment... Elle me dit cela en se penchant vers moi, alors qu'on tient chacune notre plateau repas à la sortie du self. La crème au caramel qu'elle n'a pas finie glisse dangereusement vers le bord et en tombant éclabousse mon pantalon. La serviette avec laquelle je frotte ne fait qu'étaler les taches. Eliane se confond en excuses, cela crée une petite attraction, on entend un type dire : les femmes qui travaillent sont toutes des incapables, c'était une voix impossible à localiser dans les costumes foncés qui arrivent ou tournent le dos. Nous nous regardons, médusées.

Le train glisse le long du quai. On a vérifié sur des panneaux le niveau où devrait s'arrêter la voiture 6. Et on attend que le tout s'immobilise. L'arrêt est cette fois complet. Les portes se trouvent à quelques mètres sur la droite, on s'y précipite. Les battants s'écartent. Des gens commencent à descendre. On se recule un peu sur le côté. Et puis on les voit, un contrôleur en képi les tient par la main, ils ont, pendue à leur cou, une petite carte plastifiée, avec certainement leurs noms et adresse et les personnes à contacter. Je fais des signes de la main. Le contrôleur s'approche, il a un sourire avenant, il nous demande si nous sommes la famille Damiani. J'acquiesce, il s'excuse mais il doit voir une pièce d'identité, je prends le document dans mon sac, ça va, merci. Ils ont été très sages dans le train, aucun problème. Allez, au revoir et bon week-end. On est là, en rang d'oignon, devant Marie et Jean. On se dit bonjour, comment ça va. Je prends Marie dans les bras, je lui demande si elle nous reconnaît, elle fait oui, oui, de la tête, Geoffroy vient lui faire une bise, Philippe a pris Jean d'une main et leur sac de l'autre, nous nous dirigeons tous vers le métro. J'ai adoré le train, s'exclame Marie. Et le monsieur était très gentil, on a eu un jus d'orange. Jean reste silencieux.

Les enfants connaissent notre appartement. Ils sont déjà venus plusieurs fois, mais qu'en ont-ils retenu ? On procède à la visite que j'ai tant redoutée. En ouvrant la porte de leur future chambre, j'ai le cœur qui bat. Ce sera votre chambre. Les petits lions sur la frise nous observent, en ordre le long des murs. Ils regardent sans mot dire. Je retiens mon souffle. Bien sûr vous y mettrez toutes vos affaires, là c'est normal que ce soit un peu vide. On passe à la chambre des garçons. On a les mêmes lits, remarque Marie. Jean ne dit toujours rien. Vous avez faim ? J'ai préparé un gros plat de spaghettis, vous aimez les spaghettis ? Il n'y a encore que Geoffroy, notre boute-en-train, pour crier un "chouette des spaghettis" qui tombe un peu à plat. Je le regarde tendrement. Jean mange avec appétit, c'est la première manifestation positive de sa part. Marie, elle, dit qu'elle n'a pas très faim et se contente de créer un petit désordre dans son assiette. Je lui propose de lui donner des bouchées. Non, non, je sais manger toute seule, mais je n'ai pas faim. On n'insiste pas. Elle se rattrape sur la glace au dessert. Manu lui fait remarquer que pour quelqu'un qui n'avait pas faim... Elle lui tire la langue. L'atmosphère se détend enfin. Philippe a prévu qu'on parlerait un peu sérieusement aux enfants après le repas. Il m'a dit qu'il s'en chargerait. Et je vois qu'il a le trac. Je ne suis pas très bon en discours, mais Laure et moi devons vous dire un certain nombre de choses. Ce qui vous arrive, Marie et Jean, est un grand malheur, perdre ses parents est un très grand malheur, nous étions leurs amis, vous le savez, et voilà donc que les circonstances nous donnent la responsabilité de vous élever avec Emmanuel et Geoffroy. On espère de tout cœur que vous vous plairez ici, que vous vous épanouirez. En tout cas, on fera tout pour, avec nos petits moyens. Je crois que vous êtes assez grands pour le comprendre, on a tous des défauts, on ne sera sans doute pas parfaits, mais on vous aime, comme on aimait vos parents. Il est très ému. J'ai les yeux qui s'embrument. Pour couper court, Emmanuel déclare tout à trac que si Marie fait encore des siestes, c'est l'heure. Non, je ne fais plus de sieste, je suis grande, qu'est-ce que tu crois dans ta petite tête ? J'ai l'impression que, contre toute attente, la plus petite et le plus grand vont bien s'entendre.

Jean a demandé de voir des photos "d'avant". Sa demande m'a surprise, mais j'ai descendu les boîtes à chaussures des placards de l'entrée. Nous avons revu des vacances, des photos de groupes où ils sont encore là, ils ont l'air tout chauds, tout vivants, caressés par ces couchants devant des ports de l'Atlantique, dans des vêtements aux modes bien datées, je me souviens de ces espadrilles-là, de ces sandales de plage en plastique que portent les enfants. J'ai peur que cela ne les chagrine. Mais ils en redemandent. Nous ouvrons d'autres boîtes. Les photos sont dans un désordre complet, nous en retrouvons de notre mariage mélangées avec celles de Noëls plus récents. Nous sautons les années dans tous les sens. Et de cette vision nous vient une sorte d'ivresse. Lorsque nous refermons le couvercle sur la dernière boîte, nous sommes tous étourdis. On sort faire un tour. On emmène Marie au manège qui se trouve au coin du square, à quelques pas de chez nous. Elle choisit la petite nacelle d'un éléphant au chapeau rouge et orange. Par jeu, les autres montent aussi, Geoffroy recroquevillé dans un avion, Emmanuel prend le guidon d'une vieille moto, ses grandes jambes arquées autour du siège, et Jean conduit le camion de pompiers. Ils tournent, visages épanouis et rieurs, offerts au vent. On les regarde comme s'ils n'étaient pas nos enfants, une chanson passe, et de les voir, dans l'instant, on se sent un peu heureux.

Marie a eu droit à un deuxième tour. Elle a jeté son dévolu sur l'avion. La soirée s'est passée dans cette humeur de fête inhabituelle. Et Marie et Jean ont passé leur première nuit chez nous. Une sorte de nuit à l'essai. Leur grand-mère les a appelés. L'échange fut laconique. Oui, oui, ça va. Moi-même ai enchaîné sur le même ton. Oui, tout se passe bien. Je leur ai lu une histoire. Puis je leur ai fait la bise dans leur lit, à Jean en me hissant sur l'échelle, et à Marie, avant d'éteindre la petite lampe avec le pied en ours endormi, que j'avais achetée malgré tout, malgré leurs objets à eux qui vont venir, pour me faire plaisir. Ils se sont endormis facilement. Dans le salon, Philippe et moi sommes assis sans rien faire, attendant le réveil de l'un ou l'autre. Mais leur sommeil est profond. Ils se sont endormis comme ils l'auraient fait en visite chez des amis, comme ils l'ont déjà certainement fait à l'occasion, lorsque leurs parents voulaient partir en amoureux pour un week-end. Ça ressemble à cela. Mais ce n'est pas cela. Et je suis étreinte d'angoisse, dans le salon, en pensant qu'ils dorment pour la première fois dans ce qui sera leur lit, leur chambre pour longtemps. Ce n'est pas pour une fois, en passant, cette nuit est définitive, d'autres viendront et, chaque fois, je penserai à leurs parents, disparus, à cette terrible absence. Arrivera-t-il un moment où je pourrai l'oublier ?

Sur le quai, Philippe leur a de nouveau passé autour du cou le carton plastifié avec leurs coordonnées. Nous nous sommes dirigés vers un contrôleur et il nous a conduits jusqu'à la personne qui les accompagnera. Il les accueille avec un grand sourire, on monte pour déposer leur valise. On flotte un peu. Jean nous dit : merci, c'était sympa, comme s'il s'agissait d'une visite comme une autre. Désarmée, je lui dis qu'il n'y a pas de quoi, qu'on a été très contents. Une fois bien installés, l'un en face de l'autre, près de la vitre, on descend. Nous nous voyons depuis le quai, dans les reflets du verre qui renvoient nos propres visages tendus vers eux. Lorsque le train démarre, ils font tous les deux des petits signes de la main et, je ne sais pas pourquoi, j'ai envie de pleurer, leurs deux têtes penchées l'une vers l'autre, un peu graves, qui s'éloignent. Je me sens déchirée comme s'ils n'allaient jamais revenir. Bien entendu, je garde tous ces sentiments à l'eau de rose pour moi. Nous sommes rentrés à la maison, incertains, vagues. Au pied de l'immeuble, Philippe a soudain déclaré qu'il payait un verre à tout le monde. On s'est retrouvés dans la brasserie un peu plus loin sur l'avenue. A ne rien dire, dans le même silence que ces buveurs qu'on voit en peinture dans les musées, figés devant leur bock. On nous regarde. On s'en fiche, on se sent bien. Le soir descend doucement sur les portes vitrées du café, il nappe d'orange les pavés en ciment où traînent mégots et emballages de sucre, le trafic de l'avenue est lent et calme, des enseignes lumineuses s'allument ici ou là, s'auréolant de violet et de rose dans le reflet des vitres un peu sales. Le verre de bière de Philippe se marbre de mousse. On a presque tous fini, pression, cafés et jus de mangue. On paye, on se lève sous les regards furtifs d'autres consommateurs. Sur le trottoir, Geoffroy s'exclame : la tête des gens ! On sourit.

Voilà la fin d'un drôle de week-end. Tout va changer. Et pourtant tout va continuer le lendemain comme avant. Plus tard, j'appelle Irma pour savoir si les enfants sont bien arrivés. Tout s'est parfaitement déroulé. Ils sont très contents de leur week-end, ils dorment déjà parce qu'ils sont fatigués. Mais tout va bien. A bientôt. A bientôt. Lorsque je raccroche, je m'étonne encore de la facilité avec laquelle les relations se sont établies entre elle et nous. Mon pessimisme naturel me fait penser que cela cache quelque chose. Philippe, lui, affirme qu'on ne sait pas tout des rapports d'Anne et Patrick avec la famille, qu'un cas n'est jamais l'autre, de toute façon. Je reste avec mes questions.

J'ai rendez-vous avec Morel. Il m'attend dans son bureau au bout du couloir. Toujours très gentil, Morel. Le premier à rougir de ses propres blagues, le premier à rougir tout court. Il me reçoit et il pique un fard en m'invitant à m'asseoir. Il n'est pas à l'aise. Bien, bien. Vous ne serez plus la simple assistante du contrôleur de gestion. Vous allez être responsable à part entière d'un certain nombre de dossiers. Mais vous serez bien entendu secondée. Un ou une assistante sera à vos côtés. Il sort une chemise cartonnée d'un tiroir. Voilà les nouveaux dossiers qui vous sont confiés. Et de me les énumérer avec leurs caractéristiques. En résumé, la même chose que ce que je fais maintenant, mais le double. Je ne relève pas. Et la personne qui va m'assister ? Comment vais-je la recruter ? C'est-à-dire que nous l'avons déjà sélectionnée. C'est aussi pour cela que nous avons cet entretien. Quelqu'un de très bien, ne vous inquiétez pas, très bien. Mais, je ne l'ai pas vue, je n'ai pas été consultée dans l'embauche de cette personne ? N'ayez aucune crainte, elle aura d'abord un statut de stagiaire, si cela ne se passe pas bien, si vous-même avez des réticences – mais je ne le crois pas, c'est, je vous le répète, quelqu'un de très bien –, on pourra toujours envisager un autre recrutement. Il a enfilé ces phrases d'une traite et voit ensuite l'effet qu'elles produisent sur mon visage : une sidération mêlée d'incrédulité. Mais je suis décidée à avaler toutes ces couleuvres. J'ai accepté le poste, j'irai jusqu'au bout. On verra. Je n'exprime rien, je prends acte de tout. Peut-être s'attendait-il à plus de résistance de ma part, il est décontenancé, on se salue bizarrement, sans chaleur, mais avec complicité. Je sais que tu sais que je sais ce que cela signifie.

Le stagiaire est un jeune type dont le CV vante une école de commerce et de gestion, des expériences diverses chez des concurrents. D'emblée il m'est antipathique. Costume-cravate, coupe bien dégagée autour des oreilles, un reste d'acné au menton rasé de près. Une sorte de caricature mais avec ce brin d'arrogance de qui veut en imposer, dans le vide. Où va-t-on le caser ce stagiaire ? Je pose la question à Morel, qui joue les grands surpris. Ah, oui, où va-t-on le caser ? Toutes les alvéoles de l'*open space* sont occupées. On ne peut pas ajouter un bureau ici ? Il montre l'espace entre la cloison et l'armoire métallique, sous la fenêtre. Et, joignant le geste à la parole – il faut régler le problème tout de suite –, s'en va à la recherche d'une table, avec laquelle il revient, trouvée Dieu sait où, en ahanant, pour finalement la poser à l'endroit défini. Le fauteuil pour les visiteurs qui passent me voir est placé devant le nouveau bureau, et l'affaire est dans le sac. Mais ce bureau est déjà minuscule, on ne va pas tenir ainsi. Oh, c'est provisoire, bien sûr. Dans un premier temps, vous pourrez vous arranger ainsi. Oui, oui, cela va très bien, acquiesce le jeune fayot. En effet, on va s'arranger comme on peut.

J'ai passé la journée à lui expliquer le fonctionnement du service, les détails matériels, les lignes de téléphone directes des collègues, le système postal, le fonctionnement du fax, les facilités informatiques. Je n'ai donc rien fait et en partant le soir j'ai vu la pile des dossiers que Morel m'a mis sur les bras, intacte, sur le coin de mon bureau. Je n'ai même pas soulevé la première chemise du haut, de couleur orange. Mon stagiaire n'a pas encore tout enregistré, mais il y met une certaine bonne volonté qui radoucit un peu ma première impression. Il s'appelle Eric.

Je ne raconte pas ces péripéties de bureau à Philippe. Je rentre à la maison, soulagée d'être chez moi. Les garçons ont bonne mine, malgré l'intense période de révisions qui commence. Les examens approchent. Emmanuel est un peu stressé. Pendant le repas, le téléphone sonne. Une voix de jeune fille se présente. Elle voudrait parler à Emmanuel. Je lui fais signe. Il reste un moment tétanisé puis me fait non des mains, je ne suis pas là, je ne suis pas là. Ecoutez, il n'est pas là, mais je peux lui laisser un message de votre part ?

Aurélie. C'est une certaine Aurélie qui voulait te parler. Tu la connais ? Qui est-ce ? Quelqu'un ! C'est une fille de ta classe ? Mais fichez-moi la paix !

Emmanuel se lève et part dans sa chambre. On se rabat sur Geoffroy qui joue les évasifs. Oui, c'est une fille qu'il a dû voir une fois ou deux. Mais pourquoi ne veut-il pas lui parler ? Qu'est-ce que j'en sais moi ? Il y a des filles qui sont barbantes aussi. Cela confirme mon intuition. Il est amoureux. On en reste là. Je débarrasse la table en essayant de m'imaginer comment est cette Aurélie. Je réchauffe son assiette et vais frapper à sa porte. J'entends un ouais réticent. Je lui dépose l'assiette sur son lit. Il est assis à son bureau, a ouvert ses classeurs et semble travailler. Si tu veux me parler, tu sais que tu peux. Oui, eh bien, je n'ai pas envie de te parler. Je ne saurai rien. Si je pouvais, je rappellerais cette jeune fille. Elle avait une voix assez douce et réservée au téléphone, une fille bien apparemment. Je cuisinerai Geoffroy pour en savoir davantage. Pour l'instant, je le laisse à ses révisions, puisqu'il a enfin décidé de s'y mettre. Rien n'est perdu pour son année, m'a dit son prof de français, il peut encore rattraper ses retards. Philippe lui a fait la leçon, et il semble tenir ses engagements. Tous les soirs, lorsqu'il a fini de travailler seul, je vais l'interroger. Il occupe encore la chambre aux petits lions en attendant que Marie et Jean viennent à la rentrée. *Le Silence de la mer* de Vercors, qu'est-ce que c'est barbant. On n'y comprend rien. Il déteste le français, la physique et la chimie aussi. Mais le français en particulier. Il n'y voit aucun intérêt. *Le Silence de la mer*, ça tombe des mains. Les personnages passent leur temps à ne rien se dire, il ne se passe rien, et il faudrait qu'on ait quelque chose à dire là-dessus. Et encore, ce n'est plus *Tristan et Iseult* qu'on s'est farci au début de l'année, là, c'était le pire. Ce soir, j'essaie de le motiver sur *Le Cid*. Et Geoffroy de s'affaler sur son lit, la main au front : "O rage, ô désespoir, ô matière ennemie / N'ai-je donc tant vécu que pour cette leçon pourrie." Je lui fais un "pas mal" qui le remplit d'aise. Lorsqu'il a fini de me répéter les choses qui sont écrites sur le poly que j'ai sous mes yeux, je lui demande s'il sait quelque chose pour Manu. Sur cette fille ? Non, il jure qu'il ne sait rien. Je parviens à lui soutirer des généralités. Manu, il plaît aux filles, c'est vrai. Il y en a même qui sont venues le voir, lui, Geoffroy, pour essayer d'arranger des coups. Ce ne serait pas étonnant qu'il y en ait une de plus.

Philippe regarde la télévision. Au moment de la coupure publicitaire, il me demande si les révisions avec Jeff servent à quelque chose. Je n'en sais rien, on verra. Je ne sais pas pourquoi, je ne suis jamais inquiète pour lui, même lorsque tout laisse à penser qu'il va peut-être redoubler son année. Jusqu'ici, il s'en est toujours sorti, tout juste, je crois qu'il est expert en l'art de passer tout juste, de doser son effort. C'est Manu qui me tracasse. Il est fuyant, il y a eu cette scène à table, j'ai le sentiment qu'il n'est pas très heureux. Aucun adolescent n'est heureux, me rétorque Philippe. Lorsqu'il repense à sa propre adolescence, il se souvient d'avoir souvent pleuré dans son lit, sans raison. Il éteint la télévision. Tu ne veux pas suivre la fin du film ? Non, c'est mauvais. Je sais ce qui va arriver à la fille : elle va retourner chez le type et il n'en voudra plus. Nous parlons alors de tout et de rien. Je me demande tous les soirs, depuis qu'ils sont venus en week-end, s'il faut téléphoner à Marie et Jean. Tous les soirs, je me dis que non. Au moment où l'on s'assoit enfin, la fatigue accumulée rend la démarche difficile. L'esprit est trop las. Et souvent, il est trop tard, ils doivent déjà être au lit tous les deux.

Manu n'est pas venu comme à son habitude regarder cinq minutes la télé avant de nous dire bonsoir et de retourner dans sa chambre. Et, je ne sais pas pourquoi, je n'ai pas eu envie d'aller encore une fois frapper à sa porte. Je pense à l'assiette qui doit traîner par terre. L'a-t-il terminée au moins ?

Les jours de travail qui passent sont de plus en plus fatigants. Je rentre tard. Les matins au bureau sautent à la gorge, gros des choses en attente, chacune ne représentant parfois que l'affaire d'une minute, un coup de téléphone à passer, un courrier à envoyer, mais lorsqu'elles se présentent de front, comme une meute qui gronde, on s'assied, on attend quelques instants. Et puis le stagiaire arrive, lui aussi. Et pendant qu'il est parti chercher des cafés, on fait une liste, pour objectiver, pour barrer au fur et à mesure. Mais si les petites tâches disparaissent raisonnablement, le gros des dossiers et les échéances sont toujours là. Au bout du couloir, il y a Morel qui a transmis ces classeurs et, à l'étage au-dessus, le patron. J'en confie un à Eric. Il faut bien qu'il s'y mette. Regardez ça. Ce n'est pas trop complexe. Chacun retourne sur sa chaise dans les quelques mètres carrés qui nous tiennent lieu de bureau. Au bout d'une heure, il demande s'il peut me poser quelques questions. Je pivote. Oui ? Et ce qu'il me demande m'atterre. Il faudra vraiment tout lui expliquer, de *a* à *z*.

Ecoutez, il faut que je finisse ce que je viens de commencer. On reprendra ça cette après-midi. Et en attendant, qu'est-ce que je fais ? Je réfléchis. Je lui donne une pile de documents. Vous pouvez photocopier ça ?

J'hésite à aller voir Morel. C'est sans doute trop tôt. J'imagine qu'il aura réponse à tout, pour l'exiguïté du bureau, pour l'incompétence du stagiaire, pour la surcharge de travail. J'attends donc que la situation s'aggrave. Je patiente. Et si tout prend du retard, je m'en fais une raison. Depuis le box d'à côté, Eliane vient parfois nous dire bonjour, s'attarde un peu lorsqu'elle passe dans l'allée. Elle taquine Eric. Pas trop déçu ? On n'imagine pas toujours dans quelles conditions on travaille, hein ? Remarquez, les plafonds sont hauts, on pourrait aménager des bureaux en mezzanine, ce serait sympa. Et toi, tu te laisses bouffer par le travail. Il faut qu'on se refasse un petit dîner entre filles. Tu y penses, n'est-ce pas ? Ce soir ? D'accord pour ce soir. Au *Nankin* ? Entendu. Eric passe devant nous, on doit se coller contre les parois tellement l'espace est étroit. Pardon, fait-il d'une voix doucereuse.

Le patron marche dans l'allée. Il s'arrête deux secondes à ma hauteur. A peine s'il salue Eric qu'il n'a pas encore rencontré, je crois. Je m'apprête à le lui présenter lorsqu'il me dit, avant de continuer son chemin : dites donc, depuis que vous avez un assistant, j'ai l'impression que vous travaillez moins. Il revient sur ses pas et ajoute : les dossiers Terzieff, Franck et Allaire, il me les faut bouclés demain. Le temps de mesurer l'immensité de la tâche, je téléphone à Eliane pour annuler le resto du soir. Je vais rester tard. J'appelle Philippe pour qu'il ne m'attende pas. Vers dix-huit heures, les box commencent à se vider, les collègues partent en me saluant, à demain, à demain. J'aimerais que demain soit déjà là. M'attend seulement une longue soirée, sans doute une nuit, dans ces locaux vides, à la lumière de ma lampe tulipe, le seul joli objet parmi les cloisons vert pâle et les mobiliers gris. Il y a toujours des bruits, une sorte de présence, des résidus de froissements, de craquements, comme si l'activité de la journée finissait doucement en sons perdus, la nuit, pendant qu'une seule personne reste sous sa lampe, face à des chiffres et des lettres qui, à deux heures du matin, finissent par danser devant les yeux. Philippe m'a appelée plusieurs fois pour m'encourager. Je n'ai pas pris le temps de manger. Lorsque j'ai refermé la chemise Terzieff, j'ai eu le sentiment d'une petite victoire. Mais celui que j'entame ensuite est plus complexe. La société Franck et associés a changé ses statuts au cours du deuxième trimestre. Les calculs fiscaux ne sont plus les mêmes. Et dans la nuit, je me rends compte que le dernier ne sera pas fini. Je renonce. Je me dis que deux sur trois, c'est déjà ça. J'appelle un taxi. Arrivée dans ma rue, je vois que la fenêtre du soupirail de la boulangerie est allumée. C'est l'heure où l'on enfourne les pains. Dans le miroir de l'ascenseur, j'aperçois mon visage grisé de fatigue. L'appartement est plongé dans une faible obscurité, le jour commence à délayer l'ombre dans le salon, je n'ai jamais vu la pièce à cette heure, la lumière se levant sur les meubles. Surtout ne pas s'endormir. Je ne me réveillerais pas pour retourner au bureau. Je vais prendre une douche. Je me fais un café. Il est six heures du matin. Je ne me sens pas trop mal. Le réveil va bientôt se mettre en route, Philippe va se lever. Et tout va recommencer.

Deux sur trois. Bon. Vous ne vous en êtes pas sortie avec le dossier Allaire ? Vous avez vu Morel il y a une semaine au moins. Mais, j'avais encore... Je ne veux pas le savoir. Ça, c'est votre organisation, vous vous débrouillez. Ce qui compte, c'est le résultat. Vous dire que je suis content serait évidemment faux. Il va falloir redresser tout ça. Je pense que le moment est venu pour parler des problèmes d'organisation et de fonctionnement. J'ai ma nuit blanche sur les épaules. Alors je me plains du box qu'on partage à deux, de l'incompétence du stagiaire, du double de travail qu'on m'a confié. Le patron déteste qu'on se plaigne.

Il me regarde fixement pendant que j'explique, du regard vide de quelqu'un qui pense à autre chose et voudrait pouvoir y penser sans qu'on lui parle, parce que malgré tout, cela parasite sa réflexion. Il conclut d'un oui, oui, j'entends bien ce que vous dites, mais on ne peut pas pousser les murs, il n'y a pas pour le moment de solution momentanée à votre problème de bureau, le reste, il est inutile d'en discuter, je crois que les choses étaient bien claires lorsque vous avez accepté vos nouvelles responsabilités. J'ose une pique finale : j'ai passé la nuit sur ces deux dossiers, j'imagine que je ne peux pas comptabiliser d'heures supplémentaires pour ce travail, on mettra cela sur le compte de mon dévouement à l'entreprise... Un sourire mauvais germe sur son visage. Je sens qu'il faut que je quitte son grand bureau avec petit salon.

Eliane vient aux nouvelles. Elle est atterrée. Je ne veux pas être brutale, me dit-elle, mais ça sent le roussi pour toi. Qu'est-ce que tu veux dire ? Je veux dire qu'ils font tout ça pour te faire craquer. Mais pourquoi me faire craquer ? Qu'est-ce que j'en sais ? On va à la machine à café. Un terrible mal de tête commence à m'enserrer la gauche du front. La pissette brunâtre qui coule dans les gobelets me donne envie de vomir. Je m'abstiens de toute boisson et je m'assieds sur un des fauteuils alignés contre le mur, à côté du distributeur. Je soupire que je n'ai plus l'âge de passer des nuits blanches. J'ai soudain envie de vacances, de vraies et de grandes vacances, de grands espaces, de grandes forêts, comme celles qui couvrent les parois du métro, en ce moment, pour vanter des destinations lointaines. Des pays où je n'irai jamais. Eliane me raconte le film qu'elle a été voir pendant que je faisais mes heures sup' nocturnes. J'entends à peine. Je tangue. Et j'ai froid. Il fait très beau dehors. La fenêtre du bout du couloir dépose à nos pieds un rectangle de lumière sur la moquette tachée. L'air vibre. La journée va passer, elle se finira, forcément, même si chaque minute sera arrachée de haute lutte.

C'est le soir de sport des garçons. Heureusement. On est entre nous, avec Philippe. Je me rends compte pendant qu'il débarrasse la table que je ne les ai pratiquement pas vus depuis quarante-huit heures. Je quitte la cuisine pour le lit où je m'écroule avec un sentiment de soulagement comme j'en ai rarement ressenti. Les jours qui ont suivi se sont déroulés, vagues et monotones. La saison est très belle. Dans le square, près de l'immeuble où je travaille, les jardiniers ont repiqué des tulipes à foison, qui prospèrent sous les ombres maintenant denses des marronniers. J'y vais manger un sandwich à midi comme d'autres qui descendent des bureaux. J'y suis seule de préférence et je peux à loisir laisser mes pensées vaquer comme elles l'entendent. Ce qui m'arrive me laisse perplexe. Cet enchaînement semble naturel mais la direction qu'il prend m'est encore floue. Va-t-on vraiment me donner les moyens nécessaires ? Pourquoi tant d'indifférence et de lenteur ? Je me surprends à croire que c'est peut-être mon aveu qui a tout déclenché. Je ne suis plus soudain cette femme qui a une certaine ancienneté dans la boîte et des enfants déjà grands, presque élevés, mais quelqu'un qui va s'occuper d'un garçon et d'une fille beaucoup plus jeunes, et cela complique tout, plus autant de disponibilité de temps et d'esprit. Dommage pour elle. Mais je sais que ces patrons ont aussi une famille, qu'ils savent ce que c'est, autant de cynisme n'est possible que dans la tête d'employés fatigués et aigris. Tout cela va s'arranger. L'été arrive, les grandes vacances aussi. On va bientôt aller dans la maison qu'on loue tous les ans par le comité d'entreprise de Philippe. D'ici là, il y aura les examens et leur cortège d'anxiété et de soulagements successifs, comme tous les ans, aussi. Et puis Marie et Jean, à la rentrée. Il ne faudra pas oublier de les inscrire bientôt dans leurs classes respectives. Philippe se charge déjà de tout ce qui est administratif, enfants supplémentaires à charge, allocations familiales. M'occuper de cela en plus, je ne pourrais pas.

Malgré tout, comment ne pas se l'avouer ? Je suis noyée par le travail, le retard qui s'accumule dans tout, impossible à rattraper. J'essaie de faire face. Eric prend les appels téléphoniques, fait les photocopies, avance avec lenteur sur le dernier des dossiers et m'interrompt toutes les dix minutes pour une question de détail ou d'ensemble qui m'inquiète à chaque fois sur la qualité de son travail. On finit par s'entendre assez bien. Je découvre un garçon plein de bonne volonté, et que cette nouvelle expérience fait déchanter. On lui a promis qu'après son stage de trois mois, il serait peut-être engagé en CDD. Est-ce qu'on vous a dit quelque chose à ce sujet ? Non, on ne m'a rien dit. Je dois lui avouer que je découvre en même temps que lui l'évolution du service. Celui qui se donnait des allures de jeune loup se trouve être, finalement, un garçon qui vit encore chez ses parents, qui a une petite sœur de douze ans sa cadette et qu'il adore. Il aime la musique country et voue une admiration sans bornes à Joan Baez. Curieux pour un garçon de son âge. C'est à cause de ses parents. Moi, ma mère était une fan de Joe Dassin. Eliane m'a mise en garde. Pas trop de complicité avec ce stagiaire, tu dois garder ton rang, tu es sa boss. Peut-être.

Le coup de tonnerre a retenti soudain sur un appel de Morel. Laure, vous pouvez passer me voir ? On a un gros problème sur un de vos dossiers. Chez Morel, il y avait aussi le patron. On m'a fait asseoir. Franck et associés. Le problème, c'est Franck. Vous vous êtes gravement trompée, Laure. Regardez votre comptabilité sur le troisième trimestre. Vous vous rendez compte? On vient de perdre un gros client. Morel est très gêné. J'ai l'impression, Laure, que vous avez un peu perdu pied, ces derniers temps. Le patron enchaîne: on ne peut pas se permettre ce genre d'erreur. Tout cela est grave. Je me demande si j'ai encore le droit de défendre mon cas, je tente malgré tout, pour ne pas rester sans parler.

Vous savez tous les deux que j'ai toujours fait correctement mon travail, pendant quinze ans, avez-vous eu le moindre reproche à formuler contre moi? Les circonstances actuelles ne sont plus les mêmes, on ne m'a pas donné les moyens pour travailler correctement. N'importe qui à ma place croulerait de la même manière sous le poids de ces dossiers. Vous m'avez demandé trois dossiers du jour au lendemain, j'ai en effet commis une grossière erreur, il était deux heures du matin, je faisais une course contre la montre, j'avais toutes les chances de la perdre. Je l'ai perdue.

Ils m'ont écoutée. Ce que je leur disais n'avait rien de nouveau. Ils savaient tout cela aussi bien que moi. Ils n'ont fait aucun commentaire. Le patron a simplement conclu: nous allons envisager les mesures à prendre. La phrase était ambiguë. Allaient-ils chercher les moyens de m'aider dans mon travail? Ou s'agissait-il plutôt d'une sanction ? Impossible à savoir. Je suis revenue à mon box, assommée. Eric m'interroge. Un problème ? Oui, un problème, je ne peux pas vous en parler. J'ai été incapable de faire quoi que ce soit de toute la journée. J'avais commis une faute grave. Il n'y avait pas à douter que cette faute, c'était bien moi, et moi seule, qui l'avais commise. Comme l'avait annoncé Eliane, ça sentait le roussi. Le lendemain, Geoffroy avait son premier examen, il fallait rester calme, ne rien montrer. Peut-être même ne rien dire encore à Philippe. Il serait temps plus tard si vraiment tout cela tournait mal.

Curieusement, cela m'a aidée de ne devoir rien laisser paraître. On a fait ensemble les dernières révisions. Je lui relis les questions qui se trouvent dans son cahier. Quelle est la notion de l'ennemi que l'on peut élaborer à partir du *Silence de la mer* ? Quel est le vrai nom de Vercors ? Corneille a-t-il eu raison de modifier la scène III par rapport au drame espagnol ? Je trouve qu'il s'en sort plutôt bien. Je le fais écrire une page, on revoit certains points d'orthographe encore. A dix heures trente, on arrête. Tu dois être en forme demain, mon chéri. Dors bien. Emmanuel a, lui aussi, des examens. Mais il n'a jamais prétendu qu'on y regarde. Ça va aller ? Oui, oui, ça va aller. En me couchant, je me rends compte que mon ventre est couvert de plaques d'eczéma. Philippe le remarque.

Les examens des garçons t'inquiètent à ce point ?-
Faut croire.

Le lendemain, il y a dans mon casier une note de service qui m'est adressée avec copie à la direction du personnel, et qui prend acte du retard accumulé dans mes dossiers. J'appelle immédiatement Morel mais je tombe sur sa secrétaire qui me demande de laisser un message, il est en réunion. Plus tard dans la matinée, je le croise dans l'allée centrale de l'*open space*. Je dois vous voir, j'ai reçu la note. J'ai une journée infernale, aujourd'hui, Laure. Demain, ce sera plus tranquille, rappelez Clotilde. J'essaie de joindre le patron mais j'apprends qu'il est parti à l'étranger pour plusieurs jours. Je patienterai jusqu'au lendemain. En attendant, je travaille comme si de rien n'était. Geoffroy m'appelle dans l'après-midi pour donner des nouvelles des épreuves du matin. Il est tombé sur *Le Cid*, sur une des questions révisées, un bol complet, il est sûr d'avoir réussi. Manu, comme d'habitude, s'est promené en maths. Sa voix enthousiaste me réchauffe. Le reste n'est rien. Les examens des garçons vont bien se passer et nous partirons, quoi qu'il arrive, dans la maison au bord de la mer. Avant de raccrocher il me demande si je vais bien, j'ai une voix bizarre. Non, non, tout va bien, à ce soir, chéri. Eric revient dans notre réduit avec une pile de photocopies qu'il va classer. Je me masse lentement les yeux et le visage : dans le fond, je ne vais peut-être pas m'en sortir.

J'obtiens l'entrevue avec Morel. Cette fois, c'est le DRH qui est également présent. Ils me confirment que la note de service a pour but de prendre acte de manière un peu formelle du fait que je ne remplis pas mes fonctions de façon satisfaisante. Mais je ne peux pas, n'importe qui à ma place serait incapable de faire ce que vous demandez. Cela, c'est votre opinion. Elle n'engage que vous. Vous avez un assistant. Un stagiaire. Peu importe, ce que nous entendons de votre part, c'est que vous vous déclarez incapable d'accomplir votre travail. Je précise : dans les conditions actuelles. Si j'avais de vrais assistants, que je ne sois pas obligée de former, et deux plutôt qu'un, comme il avait été dit au départ, j'y arriverais, mais là, c'est impossible. Vous confirmez donc votre incapacité à accomplir le travail pour lequel vous êtes payée. Vous avez, par ailleurs, commis une faute grave qui nous a fait perdre un client important avec, à la clé, un manque à gagner non négligeable pour notre société. C'est le directeur du personnel qui parle. Morel a joint les mains sur le rebord de son bureau. Il regarde le porte-photos en loupe de bois qui lui fait face. Ses filles sans doute. Sa femme, peut-être. Je me hasarde à rappeler le propos du patron : nous allons voir les mesures que l'on peut prendre. Vous n'envisagez pas d'engager réellement deux personnes pour faire fonctionner le service ? Si bien sûr, mais pas aussi vite. Nous avons des comptes à rendre à notre conseil d'administration. Je vous demanderai donc de formuler par écrit votre incapacité à accomplir votre travail dans les conditions actuelles. Cela sera ajouté au dossier pour faire évoluer les choses en ce sens. Bon, s'il le faut, je l'écrirai cette lettre. Mais je regrette de n'avoir pas refusé, comme je le voulais, instinctivement, lorsque la promotion m'a été proposée. Pourquoi donc avoir accepté ? Je m'en veux. J'en veux à Philippe. J'en veux à tout le monde. Qu'on me laisse tranquille.

Deux jours plus tard, Philippe me dit sur un ton anodin qu'il y a un bordereau de lettre recommandée dans le courrier. Je chasse aussitôt de mon esprit toute déduction précise. Une vague angoisse me parcourt, je ne veux pas savoir, je ne veux pas comprendre. Il sera temps demain. Geoffroy a punaisé un petit calendrier d'examens dans sa chambre. Tous les soirs, il barre avec satisfaction le jour et les matières. Le tout progresse bien. On avance vers l'été, le vrai, celui de la liberté provisoire, des goûters sur la plage. Je me surprends à être presque plus impatiente que lui. A la première heure demain, il y aura au bureau de la poste une enveloppe à mon nom, ce sera l'entête de la société, et une voix sèche et polie me dira le regret qu'elle a à me faire savoir qu'elle prend acte de mon refus de travail. Je serai priée de contacter la direction du personnel pour le détail pratique de mon congé, les indemnités et jours de vacances qui me sont dus.

Je m'assieds. Je m'y attendais, mais le choc est rude. La formulation de la lettre n'est pas exactement celle que j'avais prévue, mais c'est pareil. J'ai lu en diagonale, je savais par trop de quoi il s'agissait. Pleure-t-on dans ces cas-là, seule sur un fauteuil abîmé du bureau de la poste ? Non. Je ne pleure même pas. Depuis longtemps, j'ai décidé de ne pleurer que les morts. Eux seuls en valent la peine. Je me sens vide. Aucune haine, aucune tristesse. Je constate simplement qu'ils ont réussi. Ils sont arrivés à ce qu'ils voulaient. Ils s'étaient trompés, ils avaient cru faire une bonne affaire avec moi et puis ils se sont avisés de leur erreur. Trop âgée peut-être déjà, des enfants à nouveau, on va l'évincer. La manœuvre a été parfaite. Je suis certaine que bientôt Eliane va m'annoncer l'embauche d'un type à ma place et de deux autres personnes. Je vais au bureau sans hâte. Il y a un marché sur l'avenue, après la poste. Des dames tirent leur cabas à roulettes. Il n'y a pratiquement que des femmes aux étals. Et pour la p'tite dame, une livre de poivrons, et une livre de poivrons, c'est parti. C'est la première fois que je vois ce marché à cette heure.

D'habitude, je suis dans mon box, au téléphone ou au fax. Tout ruisselle, les poissons sur les lits de glace, la lumière luit sur les aubergines, sur les fleurs, les fleurs dont on écrase un bouton sur le sol en passant, c'est une splendeur, le mot me vient brusquement à l'esprit, mot que je n'utilise jamais mais que ma mère employait souvent, splendeur que ce marché, que ce matin, que ce soleil sur les visages. C'est une splendeur, et pourtant mes lèvres tremblent, tout en moi, tremble, je dois marcher comme une automate.

Chaque minute au bureau a été une petite pierre qui tombe dans le ventre. Je n'ai rien dit à Eric, j'avais honte. J'ai vu Eliane. Elle a compris sans que je prononce un seul mot. Nous n'avions même pas envie de parler. Pourquoi ce sentiment de honte lorsque je suis revenue sur les lieux de mon travail, en croisant des collègues, les visages familiers ? Les victimes sont toujours moches, elles n'attirent pas souvent la sympathie. Et n'était-ce pas ma faute ? Eliane est venue à plusieurs reprises me dire de rentrer chez moi, que je serais mieux, que ça me remonterait. Bêtement, j'ai attendu l'heure. J'ai pris mon métro, j'ai l'impression que les gens voient mon malheur. J'arrive à la maison avant Philippe. Les garçons sont dans leur chambre. Pour une fois, j'aimerais qu'ils ne viennent pas me saluer lorsqu'ils entendent la porte s'ouvrir. Combien de fois ai-je dû lancer : alors, on ne vient pas me dire bonjour ? Là, je voudrais qu'ils ne me voient pas, qu'ils n'assistent pas au spectacle de leur mère qui s'effondre en larmes devant eux. Mais ils viennent, je m'éclipse dans la salle de bains pour reprendre souffle. Ça va les garçons ? Oui, et toi ? T'es toute pâle. Ça va, ça va, j'ai des journées difficiles en ce moment. J'ai attendu le retour de Philippe comme une délivrance. Le battement de son trousseau de clés contre la porte, au moment où il est arrivé, m'a fait monter les larmes aux yeux. Il arrive dans la cuisine et me voit, défaite. Alors, chérie, ça n'a pas l'air d'aller ?

Il accuse le coup. Quand revois-tu la direction du personnel ? Demain matin. Je me laisse bercer par son élan, sa volonté de réagir, alors que je ne pense plus rien et que je n'ai plus aucun désir. Les attaquer, pourquoi pas. Négocier des indemnités, pourquoi pas. Mais en suis-je capable ? Je n'ai même pas été fichue d'obtenir une augmentation décente. Philippe, laisse-moi, je sais que tu veux tout ça pour moi, je sais que tu es révolté, mais laisse-moi, je t'en prie. Peut-être est-ce la première fois de ma vie que je veux à ce point être seule. Pour un peu, je ferais une valise et j'irais m'installer à l'hôtel quelques jours. Mais je me couche dans notre chambre et, contre toute attente, je m'endors comme une masse, un sommeil lourd qui me pèsera sur les épaules au réveil et quelques heures après encore. Tout me pèse. L'idée de revoir cette direction, il va falloir parler, s'expliquer, demander, écouter. Philippe me demande d'essayer de savoir qui a voulu me mettre à la porte, qui a voulu ma peau. Sa colère est entière au petit déjeuner. Je vois les enfants toujours abasourdis. Etait-ce simplement possible que l'ordre des choses change, une mère qui a un boulot, qui gagne sa vie, qui part le matin, rentre le soir ? Ils n'ont rien dit. Ils continuent de se taire, essayent de parler d'autre chose. Ma seule crainte, c'est que l'événement perturbe leurs examens. Je leur dis mon souci. N'y pensez pas, ce n'est pas si grave, il y a pire dans la vie. Ils digèrent mal ce qui leur paraît être une humiliation. On a fait ça à leur mère, on l'a mise dehors, pour des raisons obscures. Emmanuel se contente de demander pourquoi. Je n'en sais rien. Au boulot aussi, les collègues, peu à peu avertis de mon licenciement, me demanderont pourquoi. Et je dirai que je n'en sais rien. On me répétera lors de l'entrevue avec la direction du personnel que plusieurs entretiens ont eu lieu, qu'ils étaient prêts à passer sur la faute, on me rappellera mon obstination à me plaindre de mes conditions de travail et mon refus de l'accomplir correctement dans ces conditions.

Un joueur de saxophone entre dans le compartiment du métro. Son instrument est terne, est-ce seulement du cuivre, et il y a au feutre noir une indication au creux du galbe, un 5 suivi d'une vague lettre, on dirait un prix. J'imagine l'homme, d'où vient-il? Il a appris à jouer du saxophone dans une vie antérieure, à Bucarest ou à Tirana, au temps où il avait des parents, des amis, il fuit, se retrouve dans cette grande ville, n'a pas le droit de travailler, n'a aucun papier, alors il pense à la musique dans le métro, il voit qu'à chaque mélodie, le temps de quelques stations, il y a toujours une ou deux personnes pour donner de la monnaie aux musiciens, mais son saxophone est resté là-bas, dans une chambre où il n'ira plus, et un saxophone neuf, c'est inaccessible, des connaissances lui ont parlé des marchés périphériques, les puces, il dit "les pouces", il part traquer l'instrument pas cher, et au bout de longues déambulations parmi les amas de vieux vases, de poupées, de vieilles croûtes, il le trouve, presque gris tellement son cuivre a été négligé, avec le prix au feutre noir, allongé sur une couverture, entre de vieilles clarinettes auxquelles il manque des clés. Et depuis, il joue. Et je me dis que si j'étais seule, loin, sans travail, je n'aurais même pas ça, ce don de jouer, qu'est-ce que je ferais, qu'est-ce que je vais faire, je n'ai plus de boulot, j'ai des enfants, mon salaire est indispensable, Philippe n'attend aucune augmentation, et à la rentrée scolaire, Marie et Jean viennent chez nous.

Je n'irai pas revoir le directeur du personnel. Je bénéficie d'un préavis de trois mois, mais on m'a fait comprendre que ma présence n'était plus souhaitable. Je ne négocierai rien, et tant pis pour tous ceux qui me disent qu'il faut les "faire payer". J'aurais l'impression de m'avilir encore à leur quémander de l'argent, je ne veux plus traiter avec eux. Je vais aller prendre mes quelques affaires, je leur laisse l'amaryllis, et adieu.

Philippe n'a bien sûr pas eu le cœur de me reprocher ce départ furtif. Il m'a dit qu'il prendrait tout en charge pour les démarches administratives. Depuis que j'ai été licenciée, chaque fois que je pense à Marie et Jean, la même question revient, question que je chasse, et qui inlassablement se pose : aurons-nous encore les moyens ? On me parle d'aides, d'allocations, de baisse d'impôts, et puis le chômage tout de même. Et puis tu vas retrouver un autre emploi, mieux peut-être. On me dit même que c'est sans doute une chance, ce licenciement.

On vit dans les chiffres. Que va-t-on supprimer de nos dépenses ? Le sport des garçons, l'emprunt de la voiture, le petit emprunt à la consommation pour l'aménagement de la maison, la chambre des enfants ? On ne peut rien supprimer. Le règlement définitif pour les vacances d'été n'a pas encore été envoyé au comité d'entreprise. Mais on va quand même partir. On va le faire ce chèque, on verra après, plus tard, ce n'est pas raisonnable, sans doute, mais rien ne l'est dans cette affaire, et en mettant dans mon sac le cadre avec la photo où justement les garçons sont assis sur la terrasse de la petite maison de vacances qu'on loue depuis cinq ans, c'est à cela que j'aspire, à cette pinède fraîche lorsque la plage est brûlante. Les examens de Jeff et Manu seront terminés dans deux jours. J'ai tenu, comme j'ai pu. Philippe ne dort pas, mais tient aussi. On ne peut vraiment pas se passer de nos vacances dans cette petite maison de bois où flottent tant de souvenirs déjà.

Il a ouvert la porte d'une manière différente, plus molle et moins distraite, il a refermé derrière lui très doucement, comme s'il fallait au geste davantage de réflexion. Il ne m'a pas appelée pour savoir si j'étais là. Il est allé dans la cuisine. J'ai entendu deux pas, puis un silence immobile, qui a duré de longues minutes. Que fait-il ? Il ne s'est même pas assis. Il doit être debout, avec sa veste encore sur le dos. Il vient dans le salon. Il me regarde sans sourire. Laure, je ne sais pas comment t'annoncer. Mais je dois te le dire.

J'ai été au bureau du chômage. Comment dire...
c'est compliqué. Il s'est assis à côté de moi. Il répète :
c'est compliqué, et se tait ensuite un bon moment.
Puis il dit, sans me regarder : Laure, tu n'as pas
droit au chômage. Tu as écrit une lettre qui fait de toi
une démissionnaire. Je viens de l'apprendre. Ils t'ont
eue.

Tout autour s'est soudain durci. Les couleurs ont
pris un tranchant inhabituel, les contrastes se sont
faits plus vifs, une sorte de lumière crue s'est jetée sur
tout. Peut-être est-ce seulement une éclaircie, un
nuage qui a filé pour laisser le soleil entrer. Je n'ai
pas droit ? J'ai du mal à comprendre. A côté de moi,
Philippe n'a pas bougé. Nous regardons ensemble
dans le vide. Une profusion d'images viennent à
l'esprit, qu'on voit, sur les motifs du tapis d'Orient,
pour Philippe sans doute, des batailles à venir contre
l'entreprise, un avocat à engager, qui va coûter
cher, des procès qui durent, des relevés de comptes
bancaires, et moi, des déménagements, le jardin que
je n'aurai jamais, et la conversation au téléphone,
avec Irma d'abord, avec le notaire ensuite, on ne peut
plus, c'est mieux pour Marie et Jean, nous sommes
déchirés, mais nous ne pouvons pas, on devrait peut-
être attendre un peu, mais peut-on ballotter les
enfants de cette façon ? nous ne sommes pas
les derniers sur la liste, et puis cette ultime image :

le visage de Jean, au moment où il me regarde quitter le cimetière, les cheveux barrant ses joues, ne laissant apparaître pratiquement que les yeux, sous le vent.

Marie

LES PIÈCES SONT VIDES. La lumière vient étendre des rectangles clairs sur le sol, comme des draps qui sécheraient doucement. Je marche, de chambre en chambre. Sur les murs, les cadres qu'ils ont dû enlever juste avant le déménagement ont laissé des traces. L'air vibre, de la poussière s'envole lorsque j'ouvre une porte. Nulle part où s'asseoir, où s'attarder un peu, respirer plus calmement. Je suis calme pourtant. Combien de fois suis-je passée lorsqu'on venait rendre visite à ma grand-mère devant cette maison sans vouloir la regarder, y jetant pourtant un œil au début, furtivement, puis de moins en moins, puis plus du tout, par crainte de cet élancement qui monte du ventre vers le cœur ? Combien de fois ai-je fermé les yeux pour ne pas voir ce tas de pierres et ces fenêtres où d'autres vivaient ? J'ai tout oublié. Leur voix, les meubles, jusqu'à leur prénom, pendant toutes ces années.

Elle m'a tendu la clé, tu fais ce que tu veux, maintenant, Marie, m'a-t-elle dit. J'ai beaucoup hésité. De quel droit pouvais-je leur donner un préavis, leur demander de quitter une maison qui était, au fond, si peu la mienne ? Ils étaient tristes de partir, ils se plaisaient, là. Ils comprenaient bien sûr, ils savaient. Ils se sont décidés à acheter une autre maison dans la région. On se reverra.

Je voudrais m'asseoir et je tourne en rond. Je n'ose pas sortir dans le jardin. Il paraît qu'il a été bien entretenu. Les arbres sont très grands à présent, c'est cela qui l'a frappée, le cerisier si large, dont les branches touchent la gouttière de l'ancien atelier, lorsqu'il ne faisait de l'ombre autrefois qu'aux siestes de la poupée, m'a-t-elle dit. C'est elle qui est allée faire l'état des lieux, comme elle l'a toujours fait jusqu'ici. Quatre familles se sont succédé en tout, toujours des médecins, les Michon, les Mollier, les Guillaume et j'oublie les tout premiers. Leurs noms, familiers, venaient ponctuer les conversations, pour une robinetterie à refaire, une fuite. Et lorsque nous demandions : Lize, qui c'est le docteur Michon ? Elle nous répondait invariablement : mais c'est le monsieur qui habite dans la maison, mes chéris. La maison. On l'appelait toujours la maison.

De la fenêtre du cabinet, on aperçoit un bout de pelouse. La sensation la plus forte qui me reste, c'est
l'odeur de l'herbe tondue, au printemps. Une ombre
passe, un bruit de moteur enfle, l'effluve végétal un
peu humide envahit l'air, une odeur verte et poivrée.
Mon père tond la pelouse, il plisse légèrement les
yeux, je veux lui parler, je dois crier, mais il n'entend
pas, je crie plus fort encore, il n'entend toujours pas,
le moteur vrombit jusqu'à la douleur, c'est une ombre
qui passe. Seule demeure l'odeur de l'herbe. Je n'ai
pas tout oublié.

Voilà déjà quelques années que j'aurais pu reprendre la maison avec Jean. A notre majorité, Lize a
voulu faire cela solennellement, elle pensait que
c'était important pour nous. Mais cela s'est fait
presque sans nous. Sur le papier seulement. Cette
maison nous est revenue et je la découvre. Au rez-de-
chaussée, le cabinet, le grand salon et la cuisine. Un
couloir dessert trois chambres à l'étage et une salle de
bains, puis un escalier, en bois, sans contremarche,
plus léger que celui qui vient du rez-de-chaussée,
monte aux combles. En passant devant l'une des
portes, soudain, la poignée me frappe, ovale et
blanche, avec le petit clou au-dessus de la bague en
cuivre, un peu penchée sur le côté. J'ai dû toucher
cette poignée des dizaines et des dizaines de fois, sans
y faire attention. Elle me revient à la mémoire, brutalement, et c'est comme si je ne l'avais jamais oubliée,

comme si ce petit objet insignifiant relégué au fond de ma mémoire par les milliers de choses vues depuis prenait sa revanche, point fixe effacé qui réapparaît, net, toujours là, évident sur la porte. Je dois lever le bras pour la faire tourner et pousser la porte. Jean vient de la salle de bains, il veut m'asperger avec l'eau qu'il a versée dans son verre à dent, je fuis vers ma chambre, et je lève le bras vers la poignée en poussant des petits cris. C'est gros comme un œuf. J'ouvre. La porte donne sur le vide d'un parquet blond. La fenêtre, un peu sale, renvoie une lumière de chanvre, adoucit le fort soleil, atténue les contours verts des arbres dehors qui ont grandi. En me penchant pour regarder au-dehors, le jardin me revient à l'esprit. Je sais que j'ai été là, un jour, face au vide de la vitre.

Jean me manque tout à coup. Il ne m'appelle pas souvent. Je ne sais même pas s'il est avec quelqu'un. J'espère qu'il reviendra plus de quinze jours cet été. "La co-homologie des opérateurs faibles dans un espace de Hilbert non métriquement commutatif", j'ai appris par cœur le titre d'un article qu'il m'a envoyé l'année dernière, avec un petit mot gentil mais très bref, voilà sur quoi il passe ses journées dans le petit bureau d'une fac aux cubes en béton et en verre, éparpillés à travers un vaste parc, à l'autre bout du monde. Lize était tellement fière lorsqu'il a soutenu sa thèse. Elle n'a pas pu s'empêcher de pleurer après la proclamation. Les effusions le mettent mal à l'aise. Et elle :

Jean, tu comprends ce que cela signifie pour moi ? Je suis tellement heureuse que tu aies réussi. Tellement heureuse. J'ai dû le pousser du coude pour qu'il l'embrasse. Je sais ce que cela lui fait lorsque, même sans paroles, on évoque ça. Il se raidit. Anne et Patrick étaient venus aussi. Je crois que ça l'a ému. Mais il n'a rien dit, bien évidemment.

Après le pot, une fois les invités partis, on est sortis pour s'asseoir sur la pelouse. J'avais encore ma flûte de champagne en plastique, et je dévissais machinalement le pied où un fond de liquide était enfermé. Je lui ai demandé s'il était heureux à l'idée de faire sa vie là-bas. Oui, très, m'a-t-il dit en remontant ses lunettes sur le nez et en se tournant vers moi. Pourquoi ? Parce qu'ici je suis ailleurs. Tu penses encore à eux ? Oui, tout le temps. Il a répondu sans me regarder, en fixant une sorte de magnolia géant qui se trouvait de l'autre côté du petit sentier en gravillon clair qui mène à l'entrée du Hardy's Hall. Et j'ai pensé que, d'une certaine manière, il avait plus de chance que moi. Lui garde des images, des souvenirs profonds, il a vécu avec eux, et moi, c'est comme si je n'avais jamais existé pour eux, pièce rapportée sur les albums de famille, qu'on aurait collée après coup, sur les photos. Je ne suis la fille de personne.

Dans le trousseau, il doit y avoir la clé qui ouvre la porte en haut de l'escalier vers les combles. Lize y a fait entreposer les meubles. C'est un grenier qui doit recouvrir toute la surface de la maison, d'un seul tenant, avec sa forêt de poutres et de solives. Porte close, interdite pour tous les locataires qui se sont succédés, elle a dû fasciner les enfants qui ont habité ici. Derrière, de possibles fantômes, des âmes mortes qui reposent.

J'ouvre et je suis frappée par la soudaine obscurité. Trois minuscules lucarnes déchirent par endroits le grand linge sombre qui semble tout recouvrir. C'est très ordonné, comme Lize l'a toujours été. Un alignement de meubles un peu hauts, armoires, garde-robes, derrière d'autres de taille moyenne, commodes, buffets, bonnetières, et par-delà la ferme centrale, des caisses, et diverses choses moins massives, un porte-manteau, des bergères, ou encore des tables basses. Que vais-je faire de tout cela ? Jean m'a dit qu'il n'a besoin de rien, là-bas, dans son studio face à l'océan. J'essaye de me déplacer entre les objets. Deux grands miroirs gris de poussière sont posés contre des fauteuils. Je sais que je ne trouverai aucune toile de ma mère. Elles sont toutes chez Lize. Elle avait organisé une exposition dans la grande salle de l'hôtel de ville, il y a longtemps déjà, mais je m'en souviens bien, on faisait des courses de vitesse Jean et moi le long des boiseries et des tapisseries dans l'escalier d'honneur. Je trouve enfin à m'asseoir sur un voltaire recouvert de velours cramoisi. Je dois me faufiler pour l'atteindre. Une fois assise, je suis comme emmurée. Face à moi, des dos d'armoires au bois non traité. C'est peut-être cela la mort. L'enfermement dans un espace réduit avec tout ce qui a rempli notre vie, bien serré. Je n'ai jamais réussi à les penser morts. Je n'ai d'eux que des traces et des restes.

Lize avait posé des photos encadrées d'argent sur ma table de nuit. Une femme, un homme, puis les deux ensemble, jeunes, leurs joues se touchent, ils sont assis à l'arrière d'une voiture, elle porte une fleur blanche dans ses cheveux tirés en chignon, une sorte de camélia, épanoui comme son sourire, ils se marient, ils sont heureux. Combien de fois Lize m'a dit avant de m'embrasser le soir, au coucher : regarde comme ils sont beaux. Jusqu'à l'âge de dix ans, j'ai subi ces photos. Lorsqu'elle avait refermé la porte, je les mettais sous mon lit. Même dans la pénombre j'avais l'impression qu'ils me regardaient. Ils me faisaient un peu peur. Et tous les matins, je les voyais, à nouveau. Lize devait les remettre à leur place. Jean avait les mêmes dans sa chambre. Et puis il y a eu cette nuit où je les ai jetées. Je me suis levée, je suis allée doucement jusqu'à la cuisine, et je les ai cachées au milieu des détritus de la poubelle, en les enfonçant bien pour ne pas que Lize les voie le lendemain matin en jetant le filtre à café. Comment a-t-elle su ? Elle ne me l'a jamais dit. Elle m'a juste demandé le soir à table : pourquoi as-tu fait cela ? Cela, quoi ? Tu sais très bien. Les photos de tes parents, pourquoi les as-tu jetées ? Je ne savais pas. J'ai dit que je ne savais pas. Jean m'a regardée, il s'est levé de table et est venu me serrer. Depuis ce jour, elle n'a plus posé ces cadres dans ma chambre.

Lize, j'ai toujours aimé son odeur, fraîche de lessive et de jasmin, j'aimais bien me blottir contre elle. Quand je lui disais : c'est toi ma maman, elle ne répondait jamais rien et plongeait ses yeux pervenche dans les miens, avec un sourire que j'appelais son petit tristounet. Elle n'a jamais eu d'autres enfants. Avec Jean, on la mariait en imagination avec tel ou tel homme. C'était notre jeu favori. N'importe qui pouvait y passer. Un présentateur de journal télévisé, un client de la pharmacie, un passant dans la rue.

Plus tard, quand on lui demandait pourquoi elle ne se mariait pas, elle répondait toujours : vous êtes mon bonheur. Et le jour où on a enterré mamy, elle nous a dit cela encore, sans qu'on n'ait rien demandé, dans la voiture, le soir en rentrant chez nous : vous êtes mon bonheur.

Lorsque j'avoue que j'ai eu une enfance heureuse à des gens qui connaissent l'histoire de mes parents, ils sont étonnés. J'ai eu bien sûr des tristesses d'enfant, que je ne savais pas raconter, le cœur qui se serre soudain, et l'air qui manque à chaque respiration, pour un rien, ne pas savoir pourquoi tout manque, tout à coup, et pourquoi on prend des feutres pour dessiner avec rage des grands cercles emmêlés, j'ai eu ces soirs passés dans ma chambre au-dessus de la pharmacie à attendre, sur le lit, sans bouger, que Lize remonte, à regarder les toits des maisons d'en face se découper sur le ciel violet, à contempler une peinture sur le mur sans la comprendre, qui me venait d'elle comme de l'au-delà. Mais j'avais un frère et une Lize qui m'aimaient. C'est comme ça. Cette liste dont on m'a parlé, par devoir – il faut que tu saches ce qui s'est passé – est longtemps restée abstraite. A part les Sauvage, on ne connaissait pas ces gens. Ils n'avaient pas pu nous prendre avec eux, et c'est bien ainsi, nous disait Lize. Un des couples a divorcé, paraît-il, et ils ont eu après des enfants chacun de leur côté. Je me souviens aussi que nous recevions des cartes postales à nos anniversaires, tantôt des uns, tantôt des autres, et nous devions répondre, gentiment. Et puis un jour, nous n'avons plus voulu. Les échanges ont cessé. Des autres vies possibles lorsqu'on est enfant, ça ne signifie rien. A quinze ans, j'y ai pensé. Partir loin. Aller voir Frédéric Humbert, le dernier de la liste. Celui dont on m'a le moins parlé. Enfui au moment même où il allait être appelé, m'a confié un jour Anne. Celui que ma mère aimait bien, paraît-il, parti vivre en Australie. Je m'imaginais là-bas. Une grande baie ouverte sur l'océan, des voiliers qui passent devant l'opéra, des soleils couchants de calendrier. J'aurais peut-être été australienne.

Mais j'ai fait gentiment mes études et je suis restée, sans doute parce que je suis moins forte que Jean, je me laisse davantage faire, Lize pensait que le droit, c'était bien pour moi, alors c'est la voie que j'ai suivie. Lorsque je revenais les week-ends, je parlais très peu de ma vie d'étudiante, je reprenais le linge lavé et repassé le dimanche soir, elle me conduisait jusqu'à la gare, on se faisait un petit signe à travers la vitre de la voiture.

Le blanc des lucarnes a viré à l'indigo. Il fait presque complètement noir dans le grenier. Je vais redescendre et puis appeler Jean à l'autre bout du monde, juste comme ça, pour lui dire bonjour, et le voir en pensée décrocher le téléphone sur la terrasse de son petit appartement face au Pacifique, les cheveux barrant ses joues, ne laissant apparaître pratiquement que les yeux, sous le vent.

Table